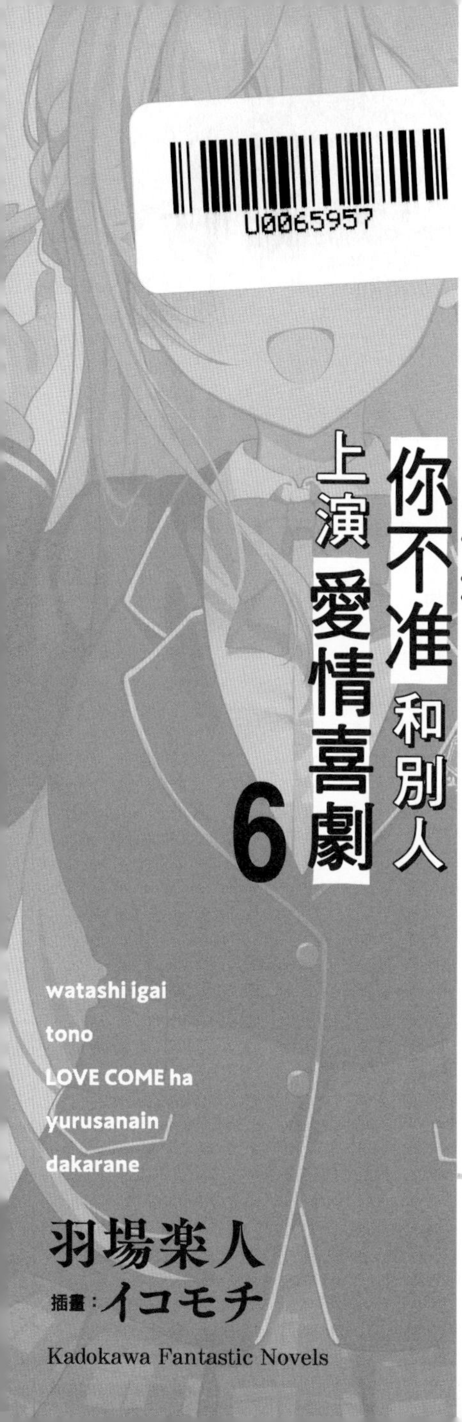

除了我之外，你不准和別人上演愛情喜劇 6

watashi igai
tono
LOVE COME ha
yurusanain
dakarane

羽場楽人
插畫：イコモチ

Kadokawa Fantastic Novels

序章

今年文化祭也再度到來。
儘管已經從旁守望過多年，每到這個季節，她就會自然地回想起一件事。
在教師生活中，再也沒有比那個更令人深刻的麻煩了。
逆境是成長的機會。
原以為是小孩子的學生，超乎老師預期的情況並不少見。
他們與她們有時候會在轉眼間就成長起來，彷彿在說不需要大人擔心一樣。
神崎紫鶴走在清晨的校園內，不禁沉浸在感慨中。
平常這時候校舍裡只有參加社團活動晨練的學生，但到了文化祭當天，從一大早就很熱鬧。每間教室都在忙著做最後的準備。

「神崎老師，早安！」
「早安。注意別在走廊上奔跑。」
她與在走廊上與擦肩而過的學生互道早安。學生興奮的模樣令人泛起微笑。但願今年不會發生意外或有人受傷，能辦成一場快樂的文化祭。

紫鶴的目的地，是文化祭執行委員會的總部。

「妳果然在這裡嗎？」

她尋找的學生之一，在放下窗簾的昏暗室內觀看投影機映出的過去文化祭紀錄影像。

「學生會長，可以借用一點時間嗎？」

那名學生專注地注視著影像，沒有發現同時也是班導師的紫鶴來訪。

「關於主舞台那件事，我有想確認之處。」

「紫鶴，現在正看到精彩的地方，等一下再談！」

永聖的學生會長用隨意的口吻對她說道，但目光人仍盯著正前方的影像。她本來準備像平常一樣不理會地往下說，影片卻進入高潮。

『夜華！我喜歡妳！我愛妳！和我結婚吧————！』

真令人懷念。對於紫鶴來說，這也正是她難以忘懷的場面。在擠滿體育館的學生面前，向情人求婚的男學生。

身為他情人的少女面紅耳赤，在胸口用手比出小小的○。

那是耀眼無比的青春記錄。

縱使歲月流逝，那份光輝也不會褪色。

對於見證過那一瞬間的人們來說，更留下了鮮明的印象。

「瀨名同學，又在看這一段了嗎？」

她用熟悉的名字呼喚。

「紫鶴，難得我正沉浸在感動的餘韻裡，別礙事啦。」

學生會長終於不滿地看過來。

「我說過在學校裡要稱呼我神崎老師吧。」

紫鶴一邊提醒，一邊拉開房間的窗簾。晨光照入室內。

「現在只有我們兩個在，別計較。而且紫鶴就是紫鶴嘛。」

那天真無邪的態度，從第一次相遇時開始就沒有改變。

「——把哥哥的影片看了又看，妳還是老樣子，很喜歡他呢。」

「看這段影片可以提振精神，讓我想努力加油。」

「瀨名同學的哥哥已經畢業六年了嗎？時間過得真快。映同學。」

她名叫瀨名映。是她從前的學生，瀨名希墨的妹妹，永聖史上第二位一年級就當上學生會長的優秀人才。

她成績優秀、擅長運動，性格毫不畏懼又開朗，溝通能力極佳，在校內很受歡迎。

在兩人相識時，映還是小學四年級生。原本長相可愛、外貌成熟的她，如今已是高二生。美少女出落得更加美麗又聰明了。

擔任新生總代表的她，從入學前就希望成為學生會長。

她以一年級之姿報名參選學生會長，獲得壓倒性的票數當選。

從此以後，她宛如傳奇學生會長有坂亞里亞一般，接二連三地提出新改革方案，使學校氣氛熱鬧不已。

基於人氣與實際成績，她在高中二年級再度當選學生會長。

堪稱這兩年集大成的成果，就是文化祭的主舞台。

「今天希墨他們也會過來，紫鶴也期待著吧。」

「……我第一次聽說這件事。」

當紫鶴把房間內的窗簾全部拉開時，她這麼告訴她。

「這算是驚喜。這是妹妹的大日子，所以還約了日向花和大家過來。我也很久沒跟他們見面了，很緊張呢。」

看到紫鶴正如所料的反應，映臉上浮現燦爛的笑容。

「妳這種態度，愈來愈感覺得到亞里亞的影響了。」

紫鶴不由得發出近似於淡淡恐懼的苦笑。

「她是我的師父嘛。那是當然的。而且這次的最後重頭戲企畫『在伸展舞台上呼喊愛意』也等於是交給亞里亞姊姊負責的嘛。」

她自豪地挺起胸膛。

「請別受到太多負面影響。因為會辛苦的人可是我。」

紫鶴告誡學生。

「不可以限制學生的自主性與創造性啦。這樣沒有人會再發起挑戰喔。」

映一臉若無其事地回嘴。

「用這種難以否定的歪理和笑容蠻幹到底，跟亞里亞一模一樣。」

「好了好了，我們都認識那麼久了，睜一隻眼閉一隻眼嘛。求求妳，紫鶴。」

映以天真無邪的笑容比出V字手勢。

「那麼神崎老師，您想確認什麼事情呢？」

但她又切換表情與態度，化為認真的學生會長。

她認為這孩子是天生的萬人迷。

像這種變化幅度廣泛的靈活性，正是她能與各種類型的人都相處得來的理由吧。

在這一點上，他們兄妹如出一轍。

針對由瀨名映提案的主舞台重點企畫簡單商議結束時，文化祭執行委員會的學生們到校了。

「那麼，我告辭了。祝你們成功。」

「指導我們的神崎老師很優秀，沒問題的！」
「……這樣說話的方式跟妳哥哥一模一樣。」
「因為我有很多參考範本。包含紫鶴在內喔。」
映向紫鶴可愛地眨眨眼，說著「早安」迎接到來的學生們。
受歡迎的學生會長，立刻被其他學生們包圍。
來到走廊上，校內的氣氛一下子變得熱鬧許多。
「他會有什麼反應呢？」
紫鶴微微一笑。

第一話　非愛情喜劇三原則

「希墨，你看！燈飾好漂亮！」

與我兩情相悅的情人有坂夜華，前所未有的雀躍不已。

今天是十二月二十四日，聖誕夜。

我和夜華來遊樂園約會。

我們在學校放學後直接穿著制服搭上電車，選擇整座園區都布置了燈光裝飾，成為話題焦點的遊樂園當約會地點。

一踏入黃昏的遊樂園內，就宛如進入光之庭園。

由色彩繽紛的燈光點綴的耀眼景色在眼前展開。

「選這裡真是選對了。」

我也和夜華抱著相同的心情。

燈飾美得超乎想像，讓我確信這裡是與情人共度聖誕的絕佳地點。

遊樂設施與和建築物外牆不用說，連植物與商店、柵欄與長椅上都有，遊樂園內無處不裝飾著燈飾。

特別值得一看的是設置在園內各處的聖誕樹。

大小種類不一的聖誕樹設計各有不同。由於光是走在遊樂園裡就能欣賞到各色聖誕樹，這裡作為今年冬天的熱門約會地點備受注目。

在寒冷的遊樂園裡，有許多像我們一樣的情侶以及出遊的家庭。

連不擅應付人潮的夜華也因為精彩的耀眼燈飾和華麗的聖誕氣氛而情緒興奮，看起來很開心。

「欸，快走吧。我也想盡情搭乘很多遊樂設施。」

夜華迫不及待地拉著我的手。

「不用著急，遊樂園也不會逃走。」

「可是，要排隊吧？」

「因為那是來遊樂園註定的命運。特別是冬天，排隊很考驗耐性。」

「啊，我帶了備用的暖暖包喔。也分給你吧。」

夜華從包包裡拿出暖暖包交給我。

「準備真周全。妳這麼期待來玩嗎？」

「因為這可是跟希墨共度的第一個聖誕節！」

「……我們是在四月成為情侶，也經過了滿長一段時間呢。」

「發生了好多事情，轉眼間就到了冬天對吧。」

夜華在制服外還穿著冬季大衣，戴著圍巾與手套，禦寒方案一應俱全。

在寒冷的季節，服裝容易讓人顯得擁腫，即使如此，仍然難掩我情人的美麗。

她有一頭富含光澤的長髮。造型流暢姣好的眉毛，濃密的長長睫毛襯托著大眼睛，筆挺的鼻梁與淡粉色的嘴唇。藝術性地收容這些部位的小巧臉蛋。白皙的皮膚看來宛如白雪般發光透亮。我忍不住把目光落在到那雙從裙子下伸出的長腿上。

「不過，都是令人開心的事。」

自從與有坂夜華交往後，我就與無聊無緣。

不管相處多久都不覺得厭倦，是因為我打心底對夜華著迷吧。

光是和她說話，稀鬆平常的日常生活就被點綴得充滿光彩。

像這種事情，一定就稱之為幸福吧。

「呵呵，來更加享受聖誕夜吧！先去搭雲霄飛車！」

鋪滿光之寶石的炫目遊樂園內，將夜晚點綴得閃閃發光。

但是，她的笑容比起任何燈飾更加耀眼。

「真好玩。喊得太過頭了，喉嚨好痛。」

「沒想到妳這麼喜歡刺激型的遊樂設施，真意外。」

「解放感很爽快嘛。那個還滿讓人上癮的。」

「偶爾過來玩很開心啊。」

「就是說吧。」

在寒冷的天氣裡，夜華盡情享受遊樂園約會。

雲霄飛車以超高速衝過熠熠生輝的遊樂園。白天視野開闊充滿爽快感，而晚上搭乘的感受另有一番滋味。一瞬間掠過無數光芒的感覺，讓人連想到科幻片裡太空船空間跳躍的場面。才以為攀升到高處，又一口氣猛然下降。我一邊被上下左右搖晃，一邊聽著身旁雀躍的尖叫聲，就搭完了一圈車程。

「那再來一次！欸，我們去搭吧。」

「可是天氣冷到耳朵都快凍掉了耶。」

暴露在彷彿要劃破寒冷冬季空氣的高速中，我受涼的耳朵凍得發痛。

「拿我剛才給你的暖暖包暖一暖就沒問題了。來，我的也借給你，這樣兩邊耳朵都有得用了吧？」

夜華在前往新地點約會時總是很愉快，不過今天特別興高采烈。

「這個樣子看起來不會很傻氣嗎？」

為了搭乘第二趟雲霄飛車，我們倆一邊排隊，我一邊把暖暖包貼在雙耳上。啊，好溫暖。

「你覺得難為情？那我來幫你捂暖吧。」

夜華脫下手套，將手放到我的雙耳上。她纖細的手很溫暖。

「怎麼樣？」

「很暖和，可是……」

「可是？」

「這樣看起來不會像在打情罵俏嗎？」

先不管兩人獨處的時候，周遭明明有別人在還這麼做很大膽。

在旁人眼中看來，我們不會很像要直接以手托著臉頰拉過來接吻嗎？

「希墨，你害羞了。」夜華意外地顯得很從容。

當美麗的臉蛋靠近我，我當然會覺得害羞。即使自認為已經看習慣了，近距離看著她，我仍會看得入神，這也沒辦法。

我的情人非常可愛。

「好了，隊伍前進嘍。鬆手吧。」

「你的耳朵暖和了嗎？」

「還可以。」

「不必客氣，我可以多替你暖和一會喔。」

夜華這麼說著，身體朝我緊貼上來。

看到情人打從心底開心，我也很幸福。耳朵覺得冷不算什麼。

在那之後，我們按照夜華的希望，繼續搭乘以刺激類型為主的遊樂設施。

在乘坐旋轉木馬兼作為休息後，這次輪到了自由落體。從一眼望盡遊樂園內的最高處落下的失重感與恐懼感，讓我連聲音都發不出來。在墜落的瞬間，那種屁股從座位上飄浮起來的感覺恐怖極了。

我們一邊搭乘遊樂設施，一邊沿途欣賞遊樂園內的燈飾。

接著我們轉往不同的區域，在新的燈飾前拍紀念照。

由於人人都在這些燈光藝術前舉著手機或相機，不愁找人幫忙拍照。在請人幫忙拍了合照後，我也會同樣地替對方拍照。

單是今天，就增加了許多照片。

夜華曾經非常討厭相機，真是今非昔比。

我的情人以前總是與周遭明確劃清界線，現在變得開放許多。

即使平時在教室裡，她現在也能與我和瀨名會朋友之外的同學們正常交談了。

「希墨？你怎麼在發呆？」

夜華也用自己的手機拍著聖誕樹，一臉不明所以地看著我。

「我在想特別是從文化祭結束後，妳改變了很多。」

「那不是多虧了你向我求婚嗎？」

夜華就像回想起來一般神情變得柔和。

並且笑逐顏開。

秋天的文化祭上，我和夜華以樂團R-inks團員的身分站上舞台。

在正式表演前的忙碌日子中，我們不僅安排不出只屬於兩人的時間，前一天還發生了我勞累過度昏倒的意外。當我在病房裡醒來時，時間距離正式表演所剩無幾。我跨越重重困難成功上台演奏後，對夜華的感謝與愛意讓我感動不已，當著大批觀眾面前向她求婚。

面對男子漢——瀨名希墨鼓足渾身之力發出的吶喊，夜華害羞地給出一個〇。

從那以後，夜華變得在大家面前也能坦然地展現嬌羞。

透過公開求婚，別說班上，我和夜華是兩情相悅的情侶這件事更傳遍了整個學校。

既然已經是不可動搖眾所周知的事實，她認為沒有必要隱瞞，變得理直氣壯。

據她本人所言，這樣不需要忍耐，她過得意外地愉快。

至今那種害羞的過敏反應與掩蓋難為情的行動減少，即使在美術準備室外，她也會主動靠近我身邊。

——愛的力量使人成長。

如果夜華幸福，對我來說也好極了。

◇◇◇

我們去搭乘摩天輪，兼作為一段較長的休息。

緩緩升高的車廂內部，是一間移動的密室。

在只屬於兩人的空間裡，車窗外是閃爍的燈飾。

多麼浪漫的情境啊。

「這種感覺真好。好迷人。」

坐在對面座位上的夜華也有同樣的感受。

「在聖誕夜當天，情侶一起前往人多的經典約會地點也不錯呢。這正是節日的醍醐味。」

「這代表會熱門是有一定的理由吧。」

「不僅如此，在這裡就與人潮無關了。」

我們委身於摩天輪緩慢的旋轉中，暫時告別地上的擁擠人群。

現在此處是只屬於兩人的世界。

「嗯。偶爾熱鬧的氣氛也不錯，但我還是最喜歡兩人獨處。」

夜華的雙眼從車窗外逐漸上昇的景色轉而看向我。

「欸，我可以過去你那邊嗎？」

「當然可以。我身邊的位子總是為妳而空著。」

「有專屬於自己的賓貴席真棒。」

夜華立刻坐到我身旁。被她緊貼過來，我也非常安心。這種感受已經太過熟悉，再也無法回到交往前的狀態了。

「妳應該會冷，蓋著我的外套吧。」

我脫下自己的大衣，蓋在夜華腿上。

儘管她穿著膝上襪，穿裙子腿會冷吧。

「而且我的男朋友還非常紳士。」

「我在文化祭時也借了運動外套給妳吧。」

「總是溫柔地對待心上人，看在女生眼中分數很高喔。」

「只要妳不覺得困擾，那就再好也不過了。」

「我也來溫暖希墨，以免你會冷喔。」

夜華的手臂環過來，用力地抱緊我。

這裡沒有旁人在看，不需要顧慮。我們今天沒去美術準備室就直接離開學校，因此這是今天第一個擁抱。

據說緊緊擁抱心上人時，大腦就會分泌「幸福荷爾蒙」催產素。

為了進一步加強那個效果，我也緊抱住她，更加提升緊貼感。

夜華的臉龐近在咫尺。

在昏暗的車廂內，夜華的大眼睛美麗地閃爍光芒。
彷彿對那光芒著迷一般，我慢慢地把臉湊近。
不需言語，夜華也悄悄地閉上雙眼。
已經相觸過無數次的嘴唇惹人憐愛。
溫柔的親吻觸感。
我的外套不知不覺間從夜華膝頭滑落，我們毫不在乎地繼續接吻。
我一隻手牢牢地摟住她的肩膀，另一隻手與她十指交纏。
我們彷彿要消除一直在壓抑的事物般，渴求彼此的嘴唇。
「希墨，你太積極了。」
「夜華也是啊。」
我們接吻了很長一段時間。
我的情人臉頰泛紅，眼神陶醉。
比接吻前更加充滿光澤的唇瓣微微開合。
那是在尋求氧氣，還是在繼續討吻呢？
「因為你的接吻技巧感覺變得比一開始好了……」
夜華發出讓男人開心不已的宣言。
「因為我們接吻過很多次啊。」

「你對此著迷了？」

「嗯。我上癮了。」

「那可不妙。」

「說得事不關己的。夜華也是這樣吧。」

「我沒有啊。」

「明明露出那麼幸福的表情，講這種話沒有說服力喔。」我伸手貼著夜華的臉頰。

「這沒辦法吧。這是生理性反應！」

夜華閉上眼睛，像狗表現親暱的動作般，以臉頰磨蹭我的手。

「搔搔妳的下巴，摸摸妳的頭就行了嗎？」

「別把情人當成狗一樣對待。」

儘管嘴上這麼說，夜華沒有離開。

她完全進入想撒嬌的模式。

面對如此全面的信賴與愛意，我壓抑在心中的獸性部分也受到刺激。

我冷靜地察覺到自己的興奮，漸漸焦慮起來。不妙。

夜華很可愛，又散發著香味。

隔著大衣也能感覺到的纖細身體線條和柔軟觸感充滿刺激感。

而且平常冷靜的美女，露出這樣毫無防備的表情渴求著我。

鎮靜下來，瀨名希墨。

就算我們兩人獨處，這裡可是在摩天輪車廂內。

更進一步的發展太危險了！

當我在掙扎的時候，夜華的臉龐從我的手邊挪開。

「希墨在文化祭結束後有了一點改變吧？」

「我？哪裡變了？」

我一瞬間以為她看穿我的想法，心頭一驚，但以鋼鐵般的精神保持平靜態度。

「變得沉著了。」

「但我沒有什麼切實感受。」

唉，我的確是變得在緊要關頭沒有以前那麼容易出毛病了。

「真的嗎？你最近發生了什麼改變呢？」

夜華用手指戳戳我的臉頰。

「我想想……我期末考的名次提升了不少喔。」

我想到的最近的變化，是我第二學期期末考的成績比起以前好得多。也許是受到文化祭上現場表演成功經驗的影響，我不可思議地在日常生活中也更有幹勁，在考試念書時也更容易吸收。而那個成果確實地化為分數反映出來。

「恭喜你了。」

「沒有好到穩如磐石的學年榜首給我祝福的程度啦。」

另一方面，夜華穩定地繼續拿下榜首。順便一提，第二名是朝姬同學，第三名是花菱，成績前幾名的陣容沒有變動。大家頭腦都太好了。

「除了考試以外，還有其他更明顯改變的地方吧。」

看來這不是夜華預料中的答案。

「但是我毫無頭緒。」

夜華好像想說什麼的看過來，但我什麼也想不到。

「你在裝傻？」

「我真的不知道。」

「你沒有隱瞞什麼虧心事？」

「我對妳說謊有什麼好處啊？」

不是在自誇，我自負我對情人的專一是全校第一。如果公然向全校第一美少女誓言愛情的男人出軌，會受到全校學生譴責，在學校裡無處容身吧。

我的高中生活無疑將會終結。我不可能去做那種風險極高的愚行，更重要的是，我不想做出傷害夜華的舉動。

「因為我很擔心嘛。」

「夜華。有什麼令妳在意的事情嗎？有的話就告訴我吧。」

如果我的情人在我不知道的情況下抱著壓力，那是很嚴重的問題。

我想盡量減輕她的不安。我神情認真地問。

「……最近，希墨變得女人緣更好了。」

夜華吐露了我一無所知的觀點。

「哪裡有？」

我的頭頂冒出無數的問號。

而且，什麼叫更好？

「前陣子在走廊上，不是有一大群我不認識的女生找你說話嗎！」

「一大群……啊～難不成是說偶像同好會的成員們？」

「我看你們聊得很興起，是在談什麼話題？」

「她們只是來報告，多虧在文化祭舞台上表演Beyond the Idol的《七彩Climax》，社團的成員增加了，並且宣傳她們上傳了那段表演影片，請我去看而已。最後照慣例聊到公開求婚話題，她們說了『祝你和有坂學姊幸福』，為我們加油。」

只是閒聊罷了。

絕不是讓人沾沾自喜女人緣很好的狀況。

對我而言，看到有交集的人做出成果，單純地值得高興。

「如果是那樣，那是沒關係。」

夜華顯得有點耿耿於懷。

「有人在走廊上找我說話，從文化祭以後不是常有的事嗎？」

身為向有坂夜華求婚的男人，我在校內成為名人，被人半是取笑半是加油地喊我求婚學長的機會增加了。

「可是，我不認識的女生跟希墨感情融洽，好令人在意……」

「我又沒有劈腿。」

「那種事是當然的吧。」

她面露笑容，說話語氣甜蜜又溫柔，彷彿於語尾帶著愛心符號。

然而，她的眼神深處沒有笑意。

「像這種貿然下判斷而搞錯的情況，拜託只發生在像愛情喜劇漫畫那種幸運色狼情境裡吧。」

我安撫夜華的杞人憂天。

「啊？到這種時候還被捲入像愛情喜劇的狀況中，本身就是你鬆懈的證據。你要徹底遠離那種狀況！不引發、不接近、不讓人引發——要徹底遵守非愛情喜劇三原則。懂了沒？」

「我第一次聽說有那種三原則耶？」

「有就是有！你有意見嗎！」

「我毫無意見。」

即使從我的表情確認這句話並非虛言，夜華仍在最後提醒。

「除了我之外，你不准和別人上演愛情喜劇！」

這樣高聲宣言的夜華，看起來真的很快樂。

她全身都洋溢著喜歡到不得了的心情。

出於愛的嫉妒也不壞。

能夠跟喜歡上的人交往，一直感情融洽。

再也沒有比這更幸福的事情了。

彼此思慕對方，能夠一起共度的日子填滿我的心房。

並不是因為今天是聖誕節才特別。

即使到了明年，即使高中畢業，即使長大成人，我也盼望這樣的每一天能繼續下去。

「那麼，帶著與戀人之間發展出更進一步愛情喜劇的期待，給妳一樣好東西吧。」

我把掉落的外套重新蓋在夜華腿上，不經意地從自己的包包裡拿出某樣東西。

「來，給妳。」

我把小盒子交給夜華。

「這該不會是？」

根據盒子上所印的品牌名稱與盒子大小，夜華似乎察覺了內容物是什麼。

「不用猜當然是聖誕禮物。」

「謝謝！我可以打開嗎？」

「請吧。」

我有些緊張地看著夜華開箱。

她拆開包裝，打開小盒子的盒蓋。她緩緩地打開裝在裡面的戒指盒。

「這是我之前注意到的戒指！」

「可以的話，我來替妳戴上吧？」

「拜託了！」

我小心翼翼地把戒指戴上夜華的右手無名指。

簡單但經典的造型設計，與夜華白皙纖細的手指十分相襯。

「哇啊，尺寸正好！你是什麼時候查過我的戒圍的？」

感動的夜華，用陶醉的眼神注視戒指。

「之前約會時，妳在飾品店試戴過戒指吧？後來我假裝去上廁所，回到店裡向接待的店員打聽了戒圍尺寸。」

「希墨，謝謝你。這個戒指好迷人。我會珍惜的！」

「看到妳高興，我也很開心。」

完成今天最重要的大任務，我也鬆了口氣。

原先有點擔心如果弄錯了戒圍尺寸怎麼辦，這樣我也放心了。

「那麼，我也要給你回禮。」

夜華也同樣從包包裡拿出禮物。

「希望你會喜歡。」

「是圍巾耶。謝謝。」

我立刻試著圍到脖子上。

造型簡單的圍巾是沉穩的酒紅色，給予人成熟的印象。

這條圍巾質地薄而溫暖，觸感也很舒服。感覺搭配任何服裝風格都適合，在冬天可以天天使用。

「很適合希墨。太好了。」

確認我實際戴上的模樣後，夜華雀躍地說。

「我會珍惜使用的。」

在我們接吻與交換禮物的過程中，摩天輪不知不覺間通過了最高點。

夜華緊抱著我的手臂，一直注視著自己的戒指。

脖子上的圍巾與身旁的夜華帶來的溫暖，讓我心情非常平靜而滿足。

不用多說，從今以後我也會繼續愛著兩情相悅的情人。

「欸，希墨。我們明年還有以後都要一直在一起喔。」

「那是當然了。」

一定不會有什麼事動搖我們的關係吧。

摩天輪的車廂緩緩地返回地面。

兩人獨處的甜蜜時光結束了。

「啊～能像這樣一起度過聖誕夜真好。我果然絕對不想去美國呢。」

「嗯？美國？妳在說什麼。」

夜華說出令人不安的話語。

「咦，我沒告訴過你嗎？爸爸提議我們搬去美國——」

「哈啊啊啊啊啊啊啊啊啊啊——？」

我不禁蓋過夜華的話頭，放聲驚叫。

因為太過慌亂，摩天輪的車廂像要墜落般劇烈晃動。

這個消息對我來說宛如天崩地裂。

原本應該平靜滿足的心，被劇烈地打亂成一團。

第二話　聖誕老人天堂

「別貿然下判斷。我當然會拒絕去美國吧。」

夜華一派理所當然地回答。

聽到太過青天霹靂的消息，我陷入了恐慌狀態。

從摩天輪下車後，我無心遊玩，帶她前往遊樂園內的餐廳。

在開著暖氣的溫暖室內，我們購買輕食與飲料後入座，我打聽了詳情。

「爸爸向我們提議，要不要在美國一起生活。我當然拒絕了，我會繼續留在日本啊。」

「我還以為會在聖誕夜當場斷氣呢。」

「誰叫希墨不把我說的話聽完。」

「聽到那種對心臟不好的字眼冒出來，自然會誤會……」

我感覺到內臟像被巨人之手捏碎般緊縮成一團。

「知道你喜歡我喜歡到會那麼驚慌，我放心了。」

「光是喜歡還不夠形容。正因為非常喜歡妳，我才會受到當場斷氣等級的衝擊。」

動搖的餘韻尚未消失，我不禁皺起眉頭。

相反的，夜華顯得很高興。

「別鬧彆扭。你那麼震驚的反應感覺很新鮮，好有趣。」

「搬到美國，對於有坂家來說是有可能實現的事情吧？」

我聽說夜華的雙親以美國為據點工作，在文化祭結束時回國。他們在日本有工作，會在日本待到明年三月。

「我絕不可能接受拆散你和我的提議吧！」

夜華表示連考慮的餘地也沒有，斷然拒絕。

啊，我的情人真可靠，我又重新愛上她了。好喜歡。

「講出什麼為我的將來著想、增加人生經驗等等冠冕堂皇的理由，要我現在跟他們在美國一起生活，真是太突然了。」

「雖然不知道事情經過是如何，真虧夜華能回絕這個提議啊。」

儘管作孩子的聽到會覺得沒有道理，我也可以想像希望讓孩子體驗外國生活，為未來增添籌碼的父母心。

這個提議的分量沒有輕到僅憑孩子的想法就能撤回吧。

「這件事還沒結束。」

因為夜華的斷定口氣而大意的我，一瞬間僵住了。

「妳剛剛說什麼？」

「所以說，事情還沒有得出結論。我的心意明明不可能改變，這次爸爸卻很難得地堅持己見。」

「等、等一下！那妳去美國的可能性還……」

「沒有可能！在我心中是這樣。」

她小聲地在最後補上重要的情報。

看來這只是身為女兒的夜華的意見，當父親的並未接受。

總之，狀況現在仍然是平行線。

「由於這樣，現在是我人生中第一次和爸爸吵架當中。」

「那不是很嚴重嗎！」

「無所謂。我已經放話，如果他要硬來，我會與他斷絕親子關係。」

正如父親有著為孩子著想的心情，孩子也有足以認真反對的理由。

「妳說得真決絕。」

我很懂得她絕不願意接受的心情，如果不是這樣，我也會很傷腦筋。

話雖如此，斷絕親子關係這句發言頗為沉重。

以人生第一次父女吵架中出現的台詞來說，相當強烈。

「不管我再怎麼表達心意，爸爸都冷靜地沒什麼反應，得不到進展。就算被認為有點太過激進，我也只能強硬發言。」

我充分地感受到夜華的焦慮。

她似乎用她的方式在努力，但父女對話看來並不順利。

「妳媽媽有什麼反應呢？」

如果雙親都反對，夜華的劣勢會相當難以逆轉吧。

我也好奇夜華的母親有何想法。

「媽媽明白我的心情，但最後做決定的人是爸爸。」

夜華煩躁地吐露。

看來在有坂家，有最終決定權的人是父親。

「妳是如何說服妳父親的？」

「我毫無隱瞞地傳達了我的心意。當然也包含你的事情。」

「咦。也提到了我的事情？」

「既然是女兒考慮共築未來的對象，我反倒想先讓他知道。」

「具體上，都傳達了什麼呢？」

「就是我從入學後與你開始談戀愛的契機吧。在你向我告白，我們成為情侶後，我們去哪裡約會等等，幾乎全部都說了。」

「全部？」

「因為媽媽大力追問。那都算是一場偵訊了。」

「那文化祭的求婚也說了？」

「我把影片給他們看了。」

好尷尬？

我的求婚被拿給情人的雙親看了嗎？

我的心意是認真的，但從客觀角度來看，那段影片只是文化祭的舞台上心情激動的高中生在告白而已。

瀨名會的成員們不用說，正好在現場的觀眾們在那之前都因為現場表演而情緒興奮，所以能共享我的熱情。

然而，光是看到影片，我認真的心意能正確的傳達給他們嗎？

他們不會反倒認為我有點白目嗎？

不會笑我年輕衝動嗎？

「那麼，妳爸媽的反應是……？」

「媽媽非常高興，爸爸無言以對。」

我想也是～

他不是看到女兒被來歷不明的小子求婚的影片，會悠哉到高舉雙手祝福的父親吧。

「告訴妳的雙親我的事情，不會造成反效果嗎？」

「我致命的一句話確實發揮了作用。」

夜華臉上浮現無畏的笑容。

冒出了危險的字眼喔。

「致命的一句話是什麼？」

「我會和希墨結婚，建立只屬於我的家庭。就算生了孫子，也絕不會讓爸爸見他。」

夜華輕描淡寫地宣言。

她的表情毫無迷惘。那個眼神是認真的。

夜華不惜提出未來的家人孫子來主張自己的意志。

「好熱烈的愛情表現。謝謝妳。」

「不客氣。」

看來她用以愛為名的暴力招式，強行壓倒了異議。

我很高興她考慮到我，在雙親面前也談及未來的話題。

「只是，這對於妳父親來說是強烈的威脅。」

我當然明白夜華的迫切。

然而，此舉會不會因此觸怒她父親，導致適得其反。

「這是會左右人生的重要選擇。這不是猶豫或顧慮的時候！如果被大人的情況牽著鼻子走就輸了！」

夜華堅定不移，毫不退讓，在根本的想法上絕不動搖。

要走過漫長的人生，再也沒有比她更可靠的同伴了吧。

「嗯，我知道。」

這方面我對於夜華也是一樣的。

「……希墨覺得我太心急了嗎？我所說的話會很孩子氣嗎？」

夜華突然不安地問。

不管變得多情緒化，她果然確實保留了理智的一面。

「怎麼可能。遲早要請妳的家人認可我們結婚這一點是不變的。」

我立刻回答。

我的心中也有跟心愛的情人結婚成為一家人的未來構圖。

倒不如說，我根本不願思考除此以外的未來。

想要實現的未來，與當下這一瞬間相連在一起。

彷彿要確認那個真實感，我握住夜華的手。

「你、你說得這麼乾脆呀。真可靠。」

我的情人顯得特別害羞。

「唉，差不多是時候該跟爸爸談談了。」

「妳跟伯父很久沒說話了嗎？」

「嗯，超過一個月了。」

這麼久？

「總之結論尚未定論，而你們目前正絕交中。」

「既然這樣，那就打持久戰。在爸爸放低姿態前，我不會主動跟他說話。」

夜華擺出徹底抗戰的態度。

「家裡氣氛不會尷尬嗎？既然回國，我想伯父也想跟妳說話吧？」

因為不清楚她雙親的為人，我無法判斷持久戰是否是正確答案。

「——像現在一樣能隨時跟爸媽說話，對我來說反倒才不自然。」

夜華輕描淡寫地說。從她的表情來看，她已徹底習慣現在的生活方式，對於雙親不在不太感到寂寞。

在雙親完善的支援下，有坂姊妹居住在東京都內黃金地段的高級公寓，過著沒有任何不便的生活。

過著生存起來有適度資源的每一天。

「正因如此，我怎麼可能接受他們回來後突然提出會使得我跟你遠距離戀愛的提議！」

在對夜華的憤怒有所共鳴之餘，我意識到我必須保持冷靜。

在這裡光是生氣，無法解決狀況。

「夜華，妳說要打持久戰，但不在某個時間點再好好談一次是不行的。如果到了時限，最後被迫接受雙親的決定，就會失去一切。」

很遺憾的是，小孩感受到的自由，是因為有雙親的庇護才存在。

「我明白……跨年時，我們一家人會去修善寺泡溫泉，到時候再談談看。」

她透露出不想去談的真實想法。

夜華有著一度決定後，就堅持己見的頑固之處。

再加上面對不習慣的父女吵架，她看來似乎找不到妥協點。

「那不是很好嗎？從新年開始泡溫泉放鬆，很奢侈喔。」

我用開朗的聲調鼓勵她轉為積極。

只要環境不同，心情也會改變。溝通或許也會變得容易。

「我在新年也想跟你在一起。」

「雖然我也是這樣啦。」

「在黃金週時我們也去了家庭旅行，但我還是滿腦子在意著你。」

「妳在回國當天就在放學後到學校來了。那讓我很開心喔。」

「和你分開我就心神不寧。因此如果爸媽帶我到美國去，我想到時候我在心理上一定會生病。」

老實說，我也有這種感覺。

我當然不願意跟情人分開，另外也單純地擔心著夜華。

我沒有自信明知道她前往新環境會受苦，還笑著送她離開。

「——我永遠都站在夜華這一邊。所以，雖然不知道能幫上什麼忙……」

對於接下來的話要不要說，我感到一絲猶豫。

「雖然什麼？」

夜華要我說下去。

「如果有必要，也讓我參加你們的溝通吧。」

我試著豁出去說道。

我十分清楚這個要求逾越分寸。

還是外人的我介入家人間的問題，說不定很失禮。

就算身為她情人的我出現，也很有可能導致問題更加複雜。

不過，這毫無疑問也是我跟夜華的問題。

我沒辦法坐視旁觀。

應該有我也做得到的事。

我會代替夜華說出面對家人難以開口的話，如果她變得情緒化而講得太過火，我也會好好地打圓場。

「這意思是說，希墨你願意跟爸爸媽媽見面嗎？」

夜華的表情變得開朗起來，用謹慎的態度向我確認。

「當然願意。」

我是調解人。

我也來試著扮演吵架中的父女之間的橋梁吧。

我是在上高中後的日子裡，認識到自己的這種長處。

這個能力在與情人夜華及瀨名會的朋友們、神崎老師和亞里亞小姐等許多的關係中發揮過，讓我跨越許多困難。

那些經驗，是為了面對這種人生中的重要局面而準備的吧。

「我好高興。」

在那句簡短的話語中，我感覺到滿滿的喜樂。

「話雖如此，第一次與妳的父母見面是在父女吵架期間，這相當困難啊。」

我老實吐露想法。

光是要與情人的雙親見面就很緊張了，更何況是在吵架期間，難度好高。

「沒問題的。希墨你是我引以為豪的情人。」

夜華的保證，成為身為平凡男性的我最大的自信。

「希望妳的爸媽能喜歡我就好了。」

「就連我姊姊都中意你，對你來說輕輕鬆鬆啦。」

「……是這樣嗎。」

我的反應不佳，使夜華的表情微微蒙上陰影。

「我也覺得像你的家人那樣是最好的。在文化祭時也全家人一起來玩，為兒子加油，我非常嚮往這樣的關係。」

「妳大力誇讚瀨名家呢。」

「問候你的雙親時，他們非常和善，讓我很安心。如果有一天我成為母親，我也想變得像他們一樣。」

「謝謝妳這麼高的評價。」

沒想到夜華對瀨名家的印象這麼好。

對我來說那是理所當然的日常生活，平常我很少意識到那有多特別。

「但是，我家不一樣。因為我們一直以來一整年有大部分時間都分散各地，藉由互不干涉來融洽相處。」

漫長的歲月塑造了這種家庭的距離感，無可翻轉。

夜華臉上浮現放棄的神情。

「是獨立的成熟關係呢。」

「如果真的這麼想，就不會事到如今還提出要一起生活吧。」

夜華再次眉毛倒豎。

「……欸，如果沒有情人，妳會去美國嗎？」

我試著詢問。

「那個問題本身就是無稽之談，最重要是問題很奇怪！」

夜華一臉認真的生氣了。

「不，我是在想，我有時會變成妳的累贅嗎？算是做個確認。」

「希墨這麼氣餒怎麼行！別說累贅，你是給予我自由羽翼的人！多虧有你在，我上學變得開心，還交到了朋友。跟同班同學也能正常交談了。你讓我活著變得輕鬆了。」

「夜華……」

「我的人生已經不可能沒有希墨了！」

「抱歉。就像妳所說的一樣。我有點氣餒了。」

「沒關係。因為是我給你添麻煩。」

夜華露出生澀的微笑。

「順便回答問題，我認為我會坦率地前往美國。」

「這樣嗎。」

果然夜華也具備這點冷靜的判斷力。

她的雙親很有可能會針對這一點切入。

「不過，我不想離開日本不是因為有情人的關係。」

「咦？」

「因為是你，我才想在一起。因為瀨名希墨這個特別的人是我的情人，所以我不想分開。儘管從未想過與別人交往，但我可以有自信的說，對我而言，你就是最棒的對象。唯獨這一點不會有錯。」

那句話比任何禮物都更有價值。

在自己的人生中，會有多少稱得上如此特別的人呢？

能被別人這麼看待很光榮。

我在其中痛切地感受到夜華的愛意與覺悟。

「所以，希墨就相信我，等著我吧！這是有坂家的問題。我不想給你添麻煩。」

家庭關係因人而異。有多少個家庭，就有多少種價值觀和距離感。

儘管如此，我想為了心愛的人去做我所能做的。

「我知道了。不過，如果碰到什麼狀況，一定要跟我商量。」

「嗯。謝謝你一直擔心我。」

去美國的話題到此告一段落。我們邊隨意閒聊邊喝完熱可可，再度來到外面。

「還有時間，要不要再搭一次雲霄飛車？」

「好啊，難得的聖誕節，繼續享受約會吧！」

「嗯！這樣是最棒的！」

我們一直享受著燈飾閃耀的遊樂園約會，直到時限前夕。

帶著滿滿的充實感、依依不捨與舒服的疲憊感，我們踏上歸途。
我將夜華送到最近的車站，獨自沉浸在今天約會的餘韻中。
第一次的聖誕節約會很愉快。
但是，我無論如何都會想起下了摩天輪以後和夜華的對話。
如果夜華去美國，我們就會變成遠距離戀愛。
儘管通訊技術發達，難以輕鬆見面很難受。
要去見她必須跨越大海。
旅程的費用並不便宜。靠學生的打工賺出國的費用也有限度。
無論在物理上或金錢上，都會變得難以像現在這樣頻繁見面。
如果關係轉為遠距離戀愛時，我們還能維持這份兩情相悅嗎？
這樣的疑問閃過腦海。
人生不知道會發生什麼事。
在直接面對那嚴峻的現實時，理想會脆弱地崩塌。
想像著沒有妳的世界，我不禁膽怯。

無論多麼相愛，都有情侶因為種種緣由而分手。
有些問題無法光靠愛來克服。
——我可以做到什麼，來對抗那個現實呢？
未來的不確定，對於每個人而言都是平等的。
只是，我恨自己身為小孩，不夠可靠。
我想要長大，變得能保護心愛的人。

◇◇◇

「「「「「聖誕快樂！！！！！！」」」」」
紙拉炮一起迸開，響亮的聲音在我房間裡響起。
昨天與夜華共度聖誕約會過了一晚，十二月二十五日。
今天在我家，舉辦了瀨名會的聖誕派對。
「耶～！聖誕快樂乾杯！這是聖誕老人與馴鹿的派對！」
「你從一開始就很興奮耶，七村！我房間可沒那麼大，你動作不要太大啦。萬一撞到的話很危險吧。」
七村高高舉起裝飲料的紙杯，到處跟大家乾杯。

大家一起去採購時，還跟食物一起買了聖誕的扮裝服裝。

我穿著覆蓋全身的馴鹿裝。

由於服裝是均碼，尺寸對我來說偏大，鬆鬆垮垮的。兜帽上附著鹿角裝飾，衣服還有口袋，很方便。

七村個子高大，一身在籃球社練出的肌肉，因此馴鹿裝尺寸並不合身，只戴著鹿角髮箍與紅鼻子裝飾。那副滑稽模樣格外強調出歡鬧的派對咖感。

實際上他情緒也興奮得要命。

「跟有坂約會後，心情上就覺得聖誕節結束了？你就感謝我們讓你以聖誕夜約會為優先的友情，今天也好好地玩得開心吧。」

「我很感謝，也玩得很開心。」

足足七個人聚集在一個男生的單人房裡，大家就得肩並肩挨在一起。

女生放了坐墊坐在地板上，我坐在床邊，七村則坐在書桌的椅子上。

中央的桌上也擺滿了派對的餐點。

菜色有帶骨炸雞與炸薯條、披薩與沙拉、各種開胃菜的拼盤，還準備了許多用來淺嚐幾口的零食。

派對形式是挑愛吃的東西放到自己的紙餐盤上。

不過，比起眼前的食物，還是女生們的裝扮更吸引我的目光。

男生們扮馴鹿，女生們則是扮聖誕老人。

她們穿著派對用的迷你裙聖誕老人角色扮演服。

「明明是聖誕老人，卻這麼性感可以嗎？」

夜華頻頻在意著胸口的敞開程度以及裙子有多短。

她的服裝是以帶光澤的絲絨布料製成的紅色連身裙，邊緣鑲著白邊。她肩頭披著斗篷，頭上戴著飾有白色絨球的三角尖帽。

配上包裹雙腿的黑色及膝襪，同時展現了性感與可愛。

這套將聖誕老人的象徵符號融入有女人味衣著中的服裝，簡單又洋溢著壓倒性的魅力。

「這衣服整體是不是微妙地沒在遮啊？感覺心神不寧耶。」

夜華坐立不安地一手按住裙襬，並將手放在從斗篷下彈出的胸部上。

「這只是夜學姊身材很好，服裝塞不下而已啦！呀～好色。」

比我小一歲的學妹幸波紗夕直率地評論。

她同樣穿著聖誕老人裝，但態度堂堂正正。

配上一頭短髮以及她本人活潑的氣息，感覺是活力十足又開朗的聖誕老人。

「泳裝都看過了，事到如今也不用在意吧。」

支倉朝姬給予夜華冷靜的建議。

她和我一起擔任班長，她的人望與行動，使她成為同屆的中心人物。

魅力與沉著兼備的朝姬同學，也毫不害羞地把聖誕老人裝穿得有模有樣。
不用等人開口，她就自動俐落地把桌上的餐點一一分到餐盤裡。
真是女子力很高的行動。
「夜夜。服裝很適合妳，而且這裡只有朋友在場，在意的話就輸了喔。」
金髮的聖誕老人宮內日向花用開玩笑的語氣對她說。
現場身材最嬌小的小宮，因為服裝是成衣，尺寸有點不合身。那種oversize感營造出絕妙的可愛感。
「而且墨墨好像也非常高興。」
小宮傳出了必殺球。大家等著我的評語。
「那當然，棒透了。如果是這樣的聖誕老人來我家，我想我可以醒著一整晚。」
超級迷人的聖誕老人到我家來了！
聖誕老人天堂啊，成為永遠吧！
我自認用委婉的方式說出了心中的吶喊。
我原本只是打算發出純粹的讚賞，表達能見到迷人的聖誕老人一面真幸福，感覺很美好的意思。
然而，室內的氣氛瞬間凝結，女生們臉頰泛紅地垂下頭。
……我搞砸了嗎？

「瀨名，居然突然開起黃腔啊！拜託你身上豎起來的部分只限於頭上的鹿角就好喔。」

七村哈哈大笑，伸出長臂抓住我馴鹿裝兜帽上的鹿角，連同我的腦袋一起轉來轉去。

「我想說的是發自內心的讚美。沒有包含歪腦筋！」

「你其實明明想要有坂對你說『禮物就・是・我』吧。」

「——那是男人的浪漫吧。任何人都會想。」

「變得理直氣壯了啊，瀨名。你也是男人呢。」

「怎樣啦，不好嗎？」

「不。待會兒我給你個好東西。你就期待著吧。」

七村咧嘴露出大膽的笑容。

「男生很喜歡角色扮演呢。在文化祭的企畫會議上，那邊那兩個人也討論著兔女郎，討論得格外熱烈。」

可惡，我無法否認。

朝姬同學冷冷的感想，讓我們只能陷入沉默。

「欸欸。希墨，人家適合扮聖誕老人嗎？」

我讀小學四年級的妹妹，瀨名映也參加了今天的派對。

映也買了聖誕老人裝，由於她以十歲來說發育良好，穿著成人用的S尺寸不成問題。

第一次穿著的聖誕老人裝與大家同款，讓她心情很好。

遠遠望去像大人的妹妹，反應還很孩子氣。

「很適合妳。所以聖誕老人，請給我禮物吧。」

我半是玩鬧地向妹妹聖誕老人要禮物。

「咦~要說禮物，你要送給我啦。」

「我是馴鹿，是負責運送的。」

我表示看到我這身打扮看不出來嗎？躲開妹妹的央求。

「希墨真小氣。」

「會說別人小氣這種苛薄話的孩子，可不會有真正的聖誕老人來訪喔。」

「希墨。你還相信有聖誕老人存在嗎？真是小孩子~~」

我遭到小學生挑釁。

「妳還不是直到去年為止都還相信。妳明明每年都說要看聖誕老人，結果卻睡著了，在那邊不甘心。」

沒什麼好隱瞞的，代替雙親把禮物放在映枕頭邊的人就是我。

踮起腳尖走進房間裡不被她發現，算是一場遊戲。

「我才不知道。」

大家用看著可愛生物的眼光看著妹妹的裝傻發言。

我妹妹還是老樣子，是備受喜愛的角色。

映會像這樣定期參加瀨名會的聚會，受到大家疼愛。

才乾杯過不久，她已經吃完一塊帶骨炸雞，伸手去拿第二塊。

「映。炸雞還有很多，慢慢吃吧？」

「好吃的東西是有限的。所以先搶先贏。」

喔～有限啊。唉，在聖誕節吃炸雞有吃大餐的感覺，我也記得心情會很興奮。

「如果吃過頭，會吃不下蛋糕喔。」

「甜點裝在另一個胃裡，沒問題！」

「我說，妳到底是從哪裡學到這種形容的？」

「跟亞里亞姊姊學的！」

夜華姊姊的名字突然冒出來，令我愣住。

「妳跟亞里亞小姐的感情有那麼好嗎？」

雖然她們在夏天與文化祭時見過幾次面，但關係有親近到會直呼名字的程度嗎？

「——那是只屬於我們的祕密。」

看來妹妹在我不知道的地方有了屬於自己的祕密。

「對了，夜學姊。我第一次看到妳右手的戒指，難不成是希學長送的聖誕節禮物？」

紗夕的眼睛閃過光芒。看來她一直蠢蠢欲動地很想問。

「沒錯。是他昨天送給我的。」

夜華也不經意地今天仍戴著戒指。

「設計很可愛呢。品味很好。」

對設計造詣頗深的小宮為戒指做了保證。

「從這感覺來看，是有坂同學選的吧。欸，對不對？」

朝姬同學立刻以敏銳的洞察力，看穿挑選的情況。

「女生的眼力真厲害。連這種事情都看得出來啊。」

那準確度令我佩服。

「如果只靠男生的品味來選，往往會選擇愛心之類更簡單易懂的款式。」

「看來配合夜華的喜好購買是正確的。」

幸好沒送她胡亂買的禮物。事前的調查果然很重要。

「只要是希墨送的東西，不管收到什麼我都會很高興！」

夜華立刻表達意見。

「真天真。因為對象是希墨，妳才說得出這種台詞。如果收到品味毀滅性糟糕的禮物，妳還有辦法保持笑容嗎？」

「妳、妳很咄咄逼人耶。」

夜華有些慌張。
如果收到難以言喻的禮物，任何人都會不知該如何反應吧。
眼見每逢這個時期，跳蚤市場網站上就會有大量飾品類出售的現實，未必所有禮物都會迎接幸福的結局，真令人傷感。
真愛難尋。
「夜華，真好耶～」映直盯著夜華的戒指看。
「欸，希墨。人家也想要戒指！」
「小學生戴戒指不會太早嗎？而且戒圍很快就會變得不適合吧。」
「人家也想打扮！」
「那妳拜託明年的聖誕老人吧。我可不會送。」
「唔，希墨只對夜華偏心。」
夜華為難地垂下眉毛，其他人也露出苦笑。
「別講得這麼難聽。夜華是我的情人，當然是特別的吧。」
「人家也是妹妹啊！」
「當妹妹的別跟哥哥的情人相爭。那甚至無法構成勝負。好，這個話題結束了！」
如果理會不肯罷休的映，她很可能會一直鬧下去。
「原來希墨討厭人家……」

抱著膝蓋鬧彆扭的妹妹，看來很想說些什麼地瞪著。

「好了，別管那個冷血的哥哥，我買給妳。」

七村看不下去，試著代替我討她歡心。

「不要！我想要希墨送的！七村個子高大，有點可怕！」

七村少見地當真大受打擊。

總是對女生嚴格的意見一笑置之的七村，似乎也被小學生直率的意見刺痛了！

在小學女孩眼中看來，比起覺得像他這樣體格健壯的運動員可靠，更會先感受到堪比巨人的壓迫感吧。

「希學長乾脆送所有女生禮物，事情就能圓滿解決了！」

「居然用一副想到好點子的調調提出可怕的提案！別高估男高中生的經濟狀況！我會面臨破產！」

「咦～那麼多可愛的女孩子聚集過來，卻連一個紀念品也沒有嗎？我想看看幹事展現帥氣的一面呢～」

紗夕那傢伙，只有在有利可圖的時候才會發出撒嬌的聲調。

這位學妹也是美少女，如果是認識不久的男人，會輕易上當喔。別濫用可愛。

「紗夕～我也有點不能坐視不管喔～」

夜華發出彷彿從地底深處響起的聲音，告誡小惡魔學妹。

雖然她說的話絕不算多，但效果十足。

「討、討厭啦，夜學姊。我只是開玩笑。我怎麼可能認真向希學長討禮物呢。」

紗夕以抽搐的聲音與表情迅速撤回自己的意見。

「我們反倒應該慰勞出借場地，布置裝飾的幹事希墨同學吧？」

朝姬同學這樣提議。不愧是她，總是那麼體貼。

「我沒做什麼大不了的事，不用在意。」

只要大家能開心地舉行派對，我就滿足了。

「瀨名，你是在強調你度量大嗎？」

「我只是客氣而已。大家讓我妹妹也參加，反倒是幫了我們的忙。」

今天爸媽都要工作到晚上，除了我以外，沒有人照顧映。

在聖誕節當天留妹妹一個人看家，實在太可憐了。

我在瀨名會的LINE群組上與大家商量後，所有人都二話不說地同意映參加派對。

由於有這樣的經過，今天的派對會場選在我家。

「希墨同學真是無欲無求。對了，出去採購時，你負責提東西，應該累了吧？我來幫你按摩。」

朝姬同學緊貼著坐到在床邊的我身旁。

「咦？不，運送禮物是馴鹿的工作嘛。」

「那麼，給予獎勵不就是聖誕老人的任務嗎？」

朝姬同學拿起我的左臂，開始揉捏。

「希學長。也讓我為剛才的失言道歉吧！」

紗夕也立刻繞到另一側，同樣地為我按摩右臂。她從籃球社時代開始就熟悉怎麼放鬆肌肉，因此揉起來很舒服。

朝姬同學和紗夕默契十足地把我夾在中間。

這聯手攻勢是什麼啊！

「那麼，我揉兩肩就可以了嗎？」

連小宮也起了興致加入，站到我背後把手放上我肩頭。小宮的小手精準地刺激著痠痛點。

突然被三個迷你裙聖誕老人完全包圍，我動彈不得。

「人家也要！」

覺得玩鬧在一起很有趣的映，像補上最後一擊般從旁邊飛撲到我的腿上。

她照著每天早上叫我起床的調調，給我一記飛身撲擊。

那股衝擊令我失去平衡，大家也連鎖地倒在床上。

「啊哈哈哈，真好玩～～！」

映壓在我身上揮舞雙腳，使我腹部受到壓迫。好難受。

我忽然看向身旁，朝姬同學的臉龐近在咫尺。

與她目光相對，我不禁心中一跳。

「在床上和男孩子一起躺下來，實在讓人心跳加速呢。」

不是剛才那種調侃的氣氛，動彈不得的朝姬同學臉頰泛紅。

「墨墨，你的頭別亂動。鹿角頂到我了。」

我不由得順著從頭頂傳來的聲音轉頭。

小宮正一臉傷腦筋地把頂到她胸口的兜帽鹿角輕輕挪開。

我慌忙強行扭動身體試著脫離，右耳聽到嬌滴滴的聲音。

「希學長的手臂夾在中間了，請你靜靜待著別動。」

我往右看去，紗夕恨恨地瞪過來。

我把注意力放在右臂上，發現手臂正被柔軟的觸感夾著。我的手臂落在紗夕的雙腿之間。

不妙，如果亂動，情況可能會更加惡化。

「映，快從我身上挪開！」

手機的拍照聲如追擊般響起。

「證據照片入手。題名就取作聖誕老人天堂吧。在聖誕節被迷你裙聖誕老人裝的美少女們陪侍在身邊喔～」

「七村你別亂拍！現在馬上刪掉！」

我拚命要求，忽然發現關鍵人物連一句話也還沒說。

「希～墨～你已經忘了我昨天告訴你的三原則了嗎？」

「不引發、不接近、不讓人引發！」

我立刻復誦。

「你通通沒遵守嘛！」

夜華的怒火代替雪花在聖誕節落下。

我差點以為以血洗血的迷你裙聖誕老人大戰就要展開了。

◇◇◇

「瀨名，過來走廊一下。」

當聖誕派對正熱鬧之際，七村偷偷地呼喚我。

「在這裡講不行嗎？」

「我是無所謂，但女生們有什麼反應我可不管喔。」

七村一臉使壞地預言道。

他很明顯在打什麼主意，我決定老實照做。

七村說要去上廁所，先出了房間。
隔一會兒後，我也說了句「我再去端些飲料過來」而站起身。
離開溫暖的房間，走廊上的空氣感覺更加寒冷。
「你來了啊。」
七村站在走廊轉角，如躲藏在黑暗中一般等著我。
把髮箍拿掉，你這個馴鹿男。
由於開著暖氣，我房間的門是關上的。
就算有人來到走廊上，我們在這個位置也不會立刻被發現。
我們簡直像在做地下交易一樣警惕。
「特地把我叫出來幹什麼？這裡很冷，早點回去吧。」
「笨蛋。你太大聲了。」
受到提醒的我閉上嘴巴，然後壓低音量說話。
「到底是什麼事啊？」
「我打算把這東西給你。這是我個人送你的聖誕禮物。」
七村從口袋裡掏出神祕的小盒子。
「送我的禮物？這吹的是什麼風啊？」
我在懷疑之餘，也查看他交給我的小盒子。

盒子重量相當輕，晃動時裡面傳來應該是個別包裝物體的沙沙聲。

那是個掌心尺寸的長方形盒子，紅色盒身乍看之下看不出內容物。不仔細去看無法知道詳細情報，只有上面０．０１這個白色數字散發出異樣的存在感。

「——這個難道是？」

我察覺了小盒子的真面目。

「感謝好友的體貼(助攻)吧。不管有多少個，都不愁用不到吧。」

「為什麼要給我保險套啊！」

我設法按捺住大喊的衝動。

「愈是快樂的事，愈要以安全為第一喔。」

「至少包裝一下吧。這樣不是看得清清楚楚嗎？」

這種東西要是被發現的話怎麼辦啊。

「啊？特地包裝後送給同性朋友很噁心吧。」

呃，雖然你說得很對啦。

「這是體貼的問題。」

「這樣子清晰明瞭，很棒吧。你的反應很不錯。」

「好煩～」

「在你跟有坂氣氛正好的時候，就能安心了吧。還是說，你自己準備了？」

「…………」

「有嗎？咦，你們已經做過了？」

「還沒有！」

在暑假前第一次被找去夜華家時，其實我在背包裡偷偷藏了保險套。

不過那完全是我太心急衝過頭，而且當時我一抵達就被睡在沙發上的亞里亞小姐推倒，不是想這種事的時候。

從那次以後，經過了半年。

在樂團集訓那天晚上，我和缺乏肌膚接觸而發情的夜華險些發展到危險的地步，不過我們仍然是清白的。

「你說不定會跟迷你裙聖誕老人有坂共度快樂的一夜吧。有備無患。」

「在這種狀況，實在不可能讓她過夜吧。」

「瀨名，情人穿著那麼可愛的角色裝扮，真虧你忍得住啊。你是怕了嗎？」

「我反倒一直都在忍耐。不過，有時機等各種事情要考慮啊。」

「真是孬種。你跟有坂那麼卿卿我我的，交往關係還真健全。」

因為他說得正中紅心，我什麼話也無法回嘴。

正因為感興趣，我才想珍惜第一次，但是由於沒有經驗，我對於踏出決定性的一步感到忐忑不安。

在這種心情的搖擺中，不知不覺間到了冬天。

「在文化祭上都求婚了，事到如今明明沒什麼好怕了啊。」

「那麼，要怎麼做才會順利？」

「到了本大爺這種等級，女生都會主動接近我。」

「謝謝你無法當作參考的意見。」

「唉，你就收著當備用品吧。」他將保險套塞進我的口袋。

「就算現在收到，我也很傷腦筋啊。」

「反正有過第一次就會沉迷其中了。數量準備多一點是最好的。」

「………」

我也沒有自信否定那句話。

「如果你順利脫離處男了，要向我報告喔。」

「誰會說啊！」

我忍不住大喊出聲，女生們從房間裡探出頭來，查看是怎麼回事。

第三話　今晚不想回家

七村先返回房間，我下樓到一樓的廚房去拿聖誕蛋糕。
夜華也一起過來幫忙。
「也來泡紅茶吧。我來燒開水。」
夜華之前來我家過夜時曾做過晚餐，還記得茶壺的位置。
我準備著人數份的餐盤與叉子以及切蛋糕用的刀，目光不禁被夜華所吸引。
「在廚房裡動作俐落的做事，感覺真可靠。」
「我不是只是在燒開水而已嗎？」
「光是想到如果我們一起生活會是這種感覺，我就好開心。」
我們等著熱水燒開，在廚房裡閒聊。
「——聖誕老人是因為只有在聖誕節來訪才可貴喔。」
「如果我們結婚，妳會每天幫我泡茶吧？」
「反倒你才是，不每天回來可不行喔。」
「嗯？那是當然的吧？」

雖然不知道未來會從事什麼工作，我都想盡快回到有心愛家人在等待的家中。

「在我家，那並不是理所當然的。」

夜華不帶感情地說。

「因為妳爸媽在美國工作，要每天回家有困難。」

雙親不在家是有坂家以前的日常。

「我小時候記得很清楚，從還住在日本時開始，爸爸就因為工作晚歸，先回家的媽媽看起來也很辛苦。我心想，啊，當父母的連排出時間陪小孩玩都得費一番工夫啊。」

「妳以前是相當聰明的孩子呢。」

「你在取笑我嗎？」

「怎麼可能。夜華想向爸媽撒更多嬌吧？」

「怎麼說呢？那種情況是理所當然的，就像希墨你說過的一樣，從前的我是『不了解自身欲求』的孩子。」

一年級時，在美術準備教室油畫掉落的那天放學後，我的確說過這樣的話。我認為夜華以那次為契機敞開了心房。不過在那之前，我差點被她踹，還看到了內褲。在各種意義上都是一段鮮明的回憶。

「妳就連從前累積的份，也一起跟伯父聊聊如何？」

在想入非非的念頭冒出來前，我拉回嚴肅的話題。

「才不要。」

看來他們的爭執沒有小到一兩天就會平息的程度。

「夜華也會對父母做出這種叛逆期女孩子一樣的反應啊。」

「相對的，我會向你撒嬌來保持內心的平衡。」

她多半是無意識地從口中說出了內心的平衡一詞。

情人之間單純的肌膚接觸，基本上對任何人來說都很愉快。

再加上，與雙親在物理距離上分隔兩地生活的反作用力，讓她透過與我這個近在身旁的親近存互相接觸，來獲得精神上的安心感吧。

「——這代表妳果然會寂寞，不是嗎？」

當我指出這一點，夜華的表情愣住了。

她似乎真的措不及防，僵硬了半晌。

就算她本人自認習慣接受了現在的生活，內心深處會思念雙親才更自然。

有坂夜華是年僅十七歲的女孩。

思念平常見不到面的雙親並不代表幼稚。

「夜華。這是個好機會，可以告訴我嗎？妳和妳爸媽是從什麼時候開始分開生活的？」

我想知道有坂家的歷史。

「爸爸和媽媽大約是在我小學四年級時，開始在美國工作。」

「十歲左右嗎。相當早呢。」

「這樣嗎，正好和現在的小映差不多大呢。」

夜華忽然像沉浸在感慨中般喃喃地說。

對她而言，那宛如是許久以前的往事，反應缺乏實感。

「從妳們的年齡來考慮，一般來說不是會全家赴美嗎？」

把當時讀小學四年級的夜華與讀國中二年級的亞里亞小姐兩個還年幼的女兒留在日本，我認為還太早了。

「爸爸現在在經營顧問公司，工作需要到處飛行前往美國各地。就算在那邊租屋，也很可能會過著每天無法回家的生活。而且語言不通，比起在陌生的土地上讓孩子看家，留在日本還比較放心吧。爸爸媽媽也相當煩惱，不過我和姊姊討論過後，告訴他們『你們兩個一起去吧』，為他們送行。」

「這個經過我可以理解，不過真虧妳們能鼓勵雙親呢。」

就算比她年長四歲的亞里亞小姐很優秀，當時也還是國中生。

能夠姊妹商量後做出那個決定，真了不起。

我對十歲時印象模糊，但看著映，我認為與父母分開生活相當辛苦。

「爸爸和媽媽兩個人都是想全心投入工作的類型。媽媽為了育兒，在工作量上非常節制，我們身為小孩也看得出她是在忍耐。作為女兒們，我們希望媽媽活得更加生氣勃勃。這份心情無論現在和從前都一樣。」

「好孝順的女兒。」

家庭很重要，不過會在何處找到幸福與人生的成就感因人而異。

無論在任何人眼中看來，舊的家庭形象明顯都已不適合時代。

在家經營事業的家庭和為公司工作的家庭，對事物的思考方式也會有所不同。

那也會在無意識下對孩子們造成影響。

「從我小時候開始，爸爸就經常出差，不會每天碰面。跟現在也沒有多少差別。最重要的是，爸爸需要優秀的媽媽幫助，好讓美國的事業正式發展起來。所以，我們認為那是個好機會。」

夜華用身為家庭的一分子，共同努力是理所當然的態度說道。

「這樣嗎。回家以後，未必全家人都會到齊啊。」

「爸爸和媽媽在離開日本前，就請了值得信賴的家事阿姨，除了雙親在美國以外，我們的生活環境並未發生大幅改變。」

「妳們從一開始就有像這種生活的基礎啊。」

突然要雙親與孩子分開生活難度應該很高，不過在有坂家，從雙親還在日本生活的時候開始，就已經有接近於現在的環境了。

「反倒是爸媽，明明很忙碌，但是到了入學典禮與畢業典禮、大考與升學等需要辦理各種手續的時候，都會確實從美國回國。我也想幫上更多忙，而學習了做家事。」

「夜華真是個了不起的孩子。」

就像要稱讚年幼時的她，我輕輕摸摸她的頭。

「沒什麼，這只是有坂家的常態而已。」

「即使如此，有時候還是需要忍耐吧？」

「生活總是伴隨著忍耐吧。相對的，這使得能對人撒嬌的喜悅別有滋味。」

夜華悄悄地抱住我。

因為今天在大家面前，我們沒有時間像這樣親暱。

迷你裙聖誕老人裝的單薄衣著緊貼過來，破壞力超群。

而且儘管雙親不在家，在自家與情人卿卿我我的不道德感好強烈。

讓我有種在做很不應該舉動的心情。

「呼～靜下心來了。」

夜華看來打從心底感到幸福。

我們沉浸在互相擁抱中一會後，迷你裙聖誕老人央求道。

「……我今晚不想回家。」

光是那一句話，就讓我的心臟像超新星爆炸一樣砰砰跳。
在男人希望聽到女孩子對自己說一次的台詞中，這應該排在前幾名吧。
冷靜點，瀨名希墨。
別白費女孩子鼓起的勇氣。
我在腦海中查出實現她的希望所需的流程。
送所有人回去後，巧妙地單獨留下夜華。還必須趕快將房間裡收拾善後。
再來是如何說服我的家人。乾脆讓她偷偷住下來過夜？
要怎麼做才能讓事情順利進行呢？
「開玩笑的。有小映在，你爸媽也會回來。」
夜華抬起頭，探頭注視我的臉龐。
當然，她說的是對的。
我也沒有蠢到會不瞻前顧後地蠻幹到底。
即使理智上明白，羞恥心與色慾正在我心中愚蠢地互揭瘡疤。
「好了~別露出那種表情。聖誕老人得去送下一份禮物對吧？」
「如果少了馴鹿很難做到吧。我看今晚應該直接休息不是嗎？」
我逞強地試著脫口而出。
我知道在朋友們聚集舉辦派對的途中，發生聖誕夜奇蹟的機率很低。

可是，我有種像是鬆了口氣又像是遺憾的複雜心境。

因為裝扮成聖誕老人的夜華可愛得要命喔。

美少女扮成迷你裙聖誕老人，簡直是最強的組合。

「希墨真好色……欸，你口袋裡裝著什麼東西？頂到我的大腿了。」

夜華將手伸向我的布偶裝。

「是個小盒子嗎？」

「——？」

糟糕，七村給我的那個東西還放在口袋裡。

「不，不是什麼大不了的東西。」

「咦～我好在意。裡面是什麼？」

「別在意。」

「感覺很可疑～給我看看。」

夜華突然要把手伸進我的口袋。

「等等，這樣不會太大膽嗎！」

我扭動身體試圖閃避，但夜華加強抱住我的力道，不讓我逃開。由於鬆鬆垮垮的布偶裝口袋也開得很大，夜華的手只要伸進去，就能輕鬆拿到盒子。

「拜託妳饒了我！」

「看你那麼抗拒，我會更想知道耶！」

夜華強行準備把手伸進去。

「妳在學校裡沒學過，不可以在廚房打鬧嗎？」

「在意情人隱瞞的事情時不算在內！」

「我第一次聽說有這種例外！」

「好了，老實一點。」

「我只是以安全為第一！」

我們像在打情罵俏般兩個人緊貼在一起轉圈圈，那個東西隨著動作從口袋裡滑落。

「那個是什麼？」

夜華以清澈的眼神問我。

因為外包裝很時髦，她乍看之下似乎分辨不出小盒子的真面目。

我非常難以回答。

正因為我們是情侶，是男與女，這只會帶著赤裸裸的意味。

「保險套。」

我判斷就算保持沉默也會曝光，坦率地回答。

「────！」

夜華霎時間壓抑住驚訝與慌張。

從那個反應來看，她有關於這個名稱與使用目的方面的知識。

夜華沒有逃走，也沒有驚叫。

「那個，是那種時候用的東西，對吧？」

「嗯。」

「為什麼會在你的口袋裡呢？」

夜華用謹慎的聲調問我。

「這是剛剛我和七村到走廊上時，他交給我的。因為直接來到廚房，我沒有機會藏起來，一直放在口袋裡。」

「這、這樣啊。那就沒辦法了。真是的，七村同學真讓人傷腦筋。」

夜華明顯地露出安心的表情。

我緩緩地撿起盒子，繼續揭露想法。

「不過，即使七村沒有給我，我也自己購買了。為了和妳在發生的時候做準備。」

說出自己誠實的慾望好難為情。

「你一直在忍耐嗎？」

「我不想讓妳有不愉快的經驗。所以與其說忍耐，我的確是在尋找時機。」

到了這個地步，光是找藉口也沒用。

我努力盡可能把自己的心聲化為言語。

「……今天，我帶了最低限度需要的過夜用品過來。」

這次輪到我吃驚了。

「你瞧，我在家中還在跟爸爸吵架，如果派對氣氛熱烈，大家也有可能直接一起過夜住到早上嘛！我曾在希墨家住過一晚，這只是為了保險起見準備的，欸！」

夜華連珠炮似的說道。

「只是。」她的話語突然中斷。

「只是什麼？」

「——我也有今晚不想回家的想法喔。」

那句話的音調與剛才不同。

讓我回想起秋天在朋友叶未明家裡舉辦樂團集訓時，那危險的一夜。

在那個瞬間，我們毫無疑問地渴求著彼此。

我想遵循自身的本能。

強烈的衝動在我的腹部深處盤旋，發熱。

我想立刻吻住她的嘴唇。

我再度環住夜華的腰摟過來。

夜華沒有抗拒。她笨拙地依偎向我。

照這樣下去，會無法停止的。

我準備從腦海抹去最後的理智——

「在派對上溜出來親熱，真是老套的經典橋段。」

「墨墨和夜夜，你們散發著粉紅色的氣氛喔。」

我看向門口，一臉無言的朝姬同學與面帶苦笑的小宮站在那邊。

「你們遲遲沒有回來，我們過來看看情況，結果就發現是這樣。是不是打擾你們了？」

茶壺發出開水沸騰的嗶聲。簡直像警報聲一樣。

「我、我、我來泡大家的紅茶，希墨你去拿蛋糕！」

夜華猛然離開我，慌忙回到作業上。

我的情人不只服裝，連耳朵也漲得通紅。

「……有坂同學，妳不想回家呀？」

朝姬同學調侃地問。

「妳、妳從哪裡開始聽的啊！」

夜華害羞得快爆炸了。

◇◇◇

我們四人拿著蛋糕茶組回到房間。

電視上的音樂節目，正好在播放我在偶像同好會的影片中也看過的歌曲。

Beyond the Idol的《七彩Climax》。

當時擔任雙C位的惠麻久良羽和立石蘭默契十足的表演成為話題焦點，是一首至今仍經常聽到的長紅歌曲。

「人家會跳這首歌喔！」

我妹妹站起來，配合旋律開始跳舞。

令人驚訝的是，她完美地記住了編舞，大家為她精彩的舞蹈送上掌聲。

跟我不同，妹妹靈巧得驚人。

「能夠唱歌跳舞演奏的話，就可以炒熱氣氛呢。文化祭的現場表演也很棒。」

當朝姫同學忽然說道，大家也點點頭，沉浸在當時的回憶中。

當時擔任幕後工作人員調整行程的朝姫同學，無疑是幕後功臣。

「妹妹覺得希墨同學的現場表演怎麼樣？」

朝姫同學似乎好奇純粹身為觀眾的映的反應。

「很帥氣喔。可是……」

「可是，怎麼了？」

夜華問她回答的後續。

回答時總是活潑又俐落的映，少見地吞吞吐吐著。

「希墨好像不是希墨一樣。」

映說出不明所以的感想。

現場表演剛結束後，她與神崎老師和亞里亞小姐一起來到舞台邊時，明明非常高興的。

當時在舞台邊拍的合照中，映也面露燦爛的笑容，就是證據。

我很中意那張照片，還印出來擺在書桌前當成紀念。

「看到自己的大哥毫不害臊地在舞台上高聲喊出愛意，身為妹妹當然會覺得怪怪的吧。」

七村立刻取笑我。

「咦～那種直接的表達不是很感人嗎？我看著的時候可是感動得哭了喔。」

紗夕回想起來，又快要哭了。

「樂團氣勢逼人的演奏讓會場全體觀眾起立，希墨同學的求婚讓氣氛熱烈沸騰，然後接上安可表演，成為了在永聖史上留下傳說的文化祭呢。」

朝姬同學滿意地總結。

「希望不會在母校留下奇怪的逸聞……」

那種事情不合我的風格，感覺很難為情。

「如果叶同學和花菱同學也能來參加今天的派對就好了。」

夜華提到不在場的樂團成員名字，顯得很遺憾。

我和夜華、小宮，再加上叶未明與花菱清虎五人組成的樂團叫R-inks。我也邀請了叶未明與花菱清虎，不過兩人都另外有約，今天缺席。

「沒辦法呀。未未每年都會去看雙親演出的聖誕節現場表演，花菱同學則是家裡舉辦派對。醫生可真辛苦呢。」

回答的人是小宮。

大家此起彼落的話語停住了。

「咦？大家怎麼突然沉默了？」

小宮一臉不明所以地環顧其他人。

「不，我知道妳和叶感情很好，所以會知道她缺席的理由，但妳為什麼連花菱的情況也清楚？」

我作為代表發問。

身為幹事的我會確認出缺席狀況，在瀨名會的LINE群組分享最終的參加者。

不過，我沒有連未參加者的缺席理由也告訴他們。

「那只是我們在走廊上擦肩而過時，碰巧聽說的。你看，花菱同學會自顧自地講話對吧？」

小宮若無其事地回答。

「我記得日向花對花菱同學特別嚴厲來著？」

「但是自從文化祭以後，我看過好幾次他們說話的場面。」

夜華與朝姬同學面面相覷。

「咦咦，宮內學姊和花菱學長該不會……有戀愛的預感？文化祭魔法發動了！」

紗夕露出充滿興趣的表情興奮起來。

「沒有沒有。那種閃亮亮的王子類型，不是我的菜。」

小宮斷然否定，表示毫無那種可能性。

連蛋糕也吃完後，肚子實在撐得難受。

電視節目也正好切到廣告，轉為悠閒的休息時間。

我看看時鐘，一回神時，已經過了晚上九點。

「好了，就算吃過蛋糕，現在進入散會模式還太早喔。」

在融洽的氣氛包圍現場時，七村不知從哪裡拿出一捆寫著數字的免洗筷。好像是他事先特地準備的。

「我們來玩國王遊戲吧。」

七村興致勃勃地提議。

「不要。」「我不要。」「不太想。」「不要。」「那是什麼遊戲？」「去死。」

除了不知道規則的映，所有人都表示拒絕。

「喂，最後那個！叫我去死也說得太過火了吧，瀨名。」

「聽你胡扯，蠢蛋！有小學生在場，你這是什麼提議啊！」

「只有妹妹被排除在外很可憐吧。」

「那就提議映也能玩的遊戲啊。」

「國王遊戲很好玩吧。」

「反正你明明是企圖搞色色的事吧。」

我看得出七村的盤算。

「這是偏見！不是只有色色的事才算國王遊戲。我只是想用刺激與肌膚接觸來更加炒熱派對氣氛而已。」

「我真的會禁止你出入我家喔。」

我表情認真地告訴他。如果映學到什麼奇怪的話就糟糕了。

「幹事濫用職權。好蠻橫。」

「要稱作常識性的判斷。」

「你這個妹控。保護過度了喔。」

「這是當哥哥的對妹妹教育上的顧慮。」

我也無意退讓。

「就是再怎麼覺得她是小孩子，也會在不知不覺間逐漸長大成人喔。」

七村不知為何一副很懂的樣子。

「這是誰的觀點啊。」

「大哥的好友立場。」

「我和你之間的友情，現在正無盡地大受動搖喔。」

「……喔，瀨名啊。你對本大爺擺出這種態度可以嗎？」

七村不肯退讓。他反倒從容得令人毛骨悚然。

「你是指什麼？」

「我可以當場把給你的那樣東西講出來嗎？」

「——你，難道是為了這個目的嗎？」

這謀略不像是七村的風格。

看來他特地叫我去走廊上給我保險套，竟是為了玩國王遊戲而設下的陷阱。這真是煞費苦心啊。

「好了，你要怎麼做？不管你選哪個，我都無所謂喔。」

七村不知道夜華已經發現，還以為可以拿這件事來威脅我。
如果隨便拒絕，他會毫不留情地講出我身上帶著保險套的事情吧。
七村就是這種男人。
我無法想像其他女生會有什麼反應，同時也不想讓妹妹目睹那種狀況，導致當哥哥的威嚴掃地。
最重要的是，我好奇心旺盛的妹妹對保險套感興趣還太早了！
「……我知道了。那麼，禁止下色情方面的命令，命令只能限於符合常識的派對遊戲範圍。這樣子如何？」
我演了場戲，假裝無可奈何不甘願的讓步。
女生們也同意參加由我提出的附帶限定條件的國王遊戲。
「嘖！好吧，就以此當妥協點吧。」
於是，國王遊戲開始了。

「「「「「「誰是國～王～！」」」」」」
大家一起抽了免洗筷。
所有人一邊查看手邊的免洗筷，一邊互相環顧。

接著，國王報上名字。

「人家是國王喔！」

儘管是我妹妹，她超級幸運。

突然就抽中了，真了不起。

和我不同，映的確具有這種明星特質。

「國王，請下令！」

七村興致勃勃地催促。

「夜華！戒指借我一下！」

她不是喊數字，而是突然指名說道。

「喂，映。要用編號指名。這樣是違反規則。」

不要第一棒上來就突然違反規則。接下來情況很可能會漸漸走調。

「有什麼關係。我不介意。」

夜華這麼說道，摘下戒指交給映。

「謝謝妳，夜華！」

映把戒指戴在右手無名指上。

不出所料，戒指有些偏大。

「……嗯。謝謝。這個還給妳。」

映看著自己戴上戒指的手指一會後好像就滿足了，乾脆地摘下來。
「已經戴夠了嗎？」
她特地用國王命令借戒指，卻意外地立刻歸還，讓夜華感到不可思議。
「嗯。我覺得這個果然還是由夜華戴著最適合。而且如果把希墨挑選的東西弄丟就糟糕了！」
「嗯，這個戒指是妳哥哥送給我的重要寶物。」
夜華珍惜地重新戴上戒指。
「妳也變得懂得這樣體貼人了啊。」
「如果弄丟了，夜華和希墨都會傷心吧？」
映成熟的應對，讓我切實感受到原本以為還是小孩子的妹妹突然的成長。
我們收回免洗筷，展開第二輪。
「「「「「「誰是國～王～！」」」」」」
大家再次抽了免洗筷。
「啊，是我嗎。」
免洗筷上有王冠記號。

好了，該下怎樣的命令呢？

我思考一會，試著問出我想問的問題。

「請告訴我大家未來的夢想、想從事的職業與前途規劃。」

「有夠認真。問這種幼稚的問題。」

七村不掩不滿之色。這傢伙如果抽到國王，絕對打算下擦邊球的命令吧。

「國王的命令是絕對的。好了，從你開始回答吧。」

「啊啊？我要成為職業籃球選手。」

打頭陣的七村一派理所當然地宣言。話中沒有一絲迷惘。

「七村會是這樣吧。」「很有七村同學的風格呢。」「不如說，從七村同學身上去掉籃球，就是女性公敵。」「七七只有籃球呢。」「我認為應該充分地活用才能！」「七村長得很高大嘛。」

所有人都打包票，這條未來的路正是正確答案。

「我在考慮將成為主播當作目標。」

接下來回答的人是紗夕。

在場的所有人應該都認為，紗夕一定很適合吧。

只要把她具有的藝人特質與其實很勤奮努力的一面結合起來，一定會走得很順利。

「我想成為醫生，會就讀有開設醫學部的大學。」

朝姬同學乾脆的回答。這一定也有家人的影響吧。

她的母親是護理師，最近與母親再婚的繼父也是醫生。

之前為了避免造成家人的負擔，她取得好成績，只把能以推薦入學方式就讀的最好大學列入選項，根據這個條件來做選擇。

但是，現在我明確地感覺到她自身的意志。

「我想試著認真在設計方面努力看看。在文化祭上製作班級參展主題的標記與傳單很有趣，感覺也符合我的個性。」

「人家現在正穿著日向花做的T恤喔！」

「咦，小映嗎？」

「她喜歡我們班服T恤的設計，拿去當自己的衣服了。」我補充道。

我明明想當成紀念留下來，卻不知不覺間被妹妹搶走了。

「小映也喜歡的話，那就太好了。」

小宮的反應很含蓄，不過除了同學以外的人也欣賞自己的設計，我想她非常高興。

下一個回答問題的人是映。

對了，我不曾問過映想做的職業與夢想。

「人家也要跟大家上同一所高中，和希墨你們一樣在文化祭上做有趣的事！」

看來我妹妹認真地想成為永聖的學生。

多虧亞里亞小姐的指導，連我也得以考上，按照現在這樣下去，映也很有可能實現願望。

我的妹妹遠比我十歲左右的時候更加優秀。

大家談論的未來都頗為具體，讓我有點吃驚。

簡直像聖誕樹上的裝飾一樣，以各具個性的形狀散發著光輝。

「那麼，瀨名呢？」

當我感到佩服時，七村把話題拋過來。

「國王也必須回答不可嗎？」

「日本可沒有國王這個職業。」

總之，意思是叫我趕快回答。

正因為我無法描繪自己具體的未來形象，我才會問這個問題。

我自身還沒有答案。

「……我還不像大家一樣有想做的職業，於是問了這個問題。我現在能回答的，頂多只有我會一邊上大學，一邊尋找想從事的工作吧。」

「希墨同學。就算沒決定想做的工作，你至少有理想吧？」

朝姬同學巧妙地分解問題，好讓我能夠輕鬆回答。

真不愧是我的班長搭檔。這份關懷令人感激。

「嗯，我唯獨已經決定了我想變成怎樣。」
大家的目光聚集到我身上。
我的覺悟沒有弱到這樣就會嚇到的程度。
畢竟我可是會在文化祭舞台上求婚的男人。
「我要建立快樂的家庭，讓夜華幸福。」
我的求婚台詞並非虛言。
「那麼，有坂呢？」
七村立刻直接把話頭轉向夜華。
於是，夜華露出有些遲疑的模樣。
嗯。嗯。嗯？等一下。難道說只有我一個人衝過頭了嗎？
我突然感到不安了喔。
這種微妙的沉默，感覺非常不好。
糟糕，我的心跳愈來愈急促了。
不過，無視於我的擔憂，夜華說出令我安心的話語。
「我是，那個，當希墨的老婆。」

我和夜華是完美又完全的兩情相悅情侶。

心愛的情人太過直接的希望將不安一掃而空，我的心如萬里無雲的藍天般一片晴朗。

「好了，收工。」朝姬同學一拍手掌。

「辛苦了。總覺得拜瀨名所賜，完全沒興致了呢。」「我心中都充滿感動嘍。」「希學長、夜學姊，謝謝你們的秀恩愛招待！」「人家還吃得下喔！」大家一起起身準備收拾桌子。

「大家反應都太平淡了喔。可以多給些祝福的吧。」

「你們實在太甜蜜，甜到都火燒心了。」

七村露出一臉真心覺得討厭的表情。

「啊？這種事從我春天發出情侶宣言以來一直都沒變過吧。」

我也理直氣壯起來。

「對啊～墨墨一直都專情於夜夜嘛。」

一路見證我的戀情的小宮露出理解的表情。

「沒想到會說出那種古典台詞的人實際存在耶。夜學姊，我好尊敬妳。」

紗夕驚愕地笑著。

「我說了那麼難為情的話嗎？」

「說了喔，笨蛋情侶。」

朝姬同學毫不留情的吐槽。

「夜華，跟希墨甜甜蜜蜜～」

連映也得意忘形地取笑起來。

就這樣，快樂的聖誕節派對散會了。

◇◇◇

「大家回家路上小心。夜華，年末的旅行玩得開心點！」

「祝大家過個好年！明年也要來玩喔！」

在希墨與小映目送下，我們離開了瀨名家。

時間已接近晚上十點，剩下的善後工作就交給他們。

我們匆匆把聖誕老人裝換成制服，先把住在附近的紗夕送回家後，其餘的成員們一起前往車站。

有七村同學這位強力的保鏢在，走夜路也很安心。

「那麼夜夜、朝姬，下次見。」

「有坂、支倉，再來辦場新年會吧。」

日向花與七村同學搭車的月台位於反方向，因此從剪票口進站後就道別了。

剩下的只有我和支倉同學兩個人。

平常大家在的時候不怎麼會意識到，但是一旦兩人獨處，我就不知該怎麼跟她對話。

回頭想想，我覺得這一年來我一直在跟支倉同學戰鬥。

支倉朝姬曾和我一樣，喜歡瀨名希墨這個男生。

她是個有勇氣主動向希墨告白的女孩。

當然，希墨與我的兩情相悅並未動搖，但我一直感覺到，她對我而言有種特殊的存在感和威脅。

她與我不同，是態度親切、說話風趣，任何事都做得好的受歡迎人物。

她非常擅長拿捏與他人的距離感，即使在同性的我眼中，也是充滿魅力的女孩。最重要的是，我很尊敬她能好好用言語表達自己心情的能力。

如今我明白，我對她的複雜感情，同時也是憧憬的反轉。

如果沒有希墨的事情，我們說不定會形成不同的關係。

可是若沒有跟希墨交往，我會繼續獨自一人吧。

跟任何人都沒說過幾句話，就度過高中三年畢業。

這麼一想，真是不可思議。

多虧了支倉朝姬這個情敵，我變得會與別人溝通交流。

我認為我對她有著強烈的對抗意識，因此使我得以成長。

像希墨與日向花一樣，支倉朝姬對我來說也是必要的存在。

「欸，我們很少兩人單獨說話對吧。」

在寒冷的月台上等待電車時，她突然並肩站到我身旁，對我開口。

「是呀。在文化祭的舞台邊即將上台前，多虧有妳的鼓勵，幫了很大的忙。雖然現在才說有點晚，不過謝謝妳。」

「……欸，妳之前說妳不想回家，這句話對希墨同學以外的人也有效嗎？」

「咦？」

「我想和有坂同學好好談一次。所以，妳要不要來我家過夜？」

她果然很厲害。

能夠輕易的說出我做不到的事情。

第四話　成人與小孩

「那我關燈嘍。」

我跟支倉同學並排躺在她家的床鋪上。

我借用了浴室，換上自己帶來的睡衣，刷過牙，與情敵肩並肩躺在同一張床上。

我們彼此都說要睡地板上，但又爭論起如果在冬天感冒會很棘手，決定以同睡一張床當作妥協方案。兩個女孩子的話，即使是一起睡單人床也睡得下。

她在醫院工作的家人上夜班，家裡只有我們。

不管要熬夜多久都可以，就算吵架，也不會有人勸阻。

「……明明是我自己邀請妳來還這麼說不太好，但我們這兩個人躺在同一張床上，感覺怪怪的呢。」

先這麼開口的人，是支倉同學。

「我也沒想到，我能這麼坦率地說出我要來妳家。」

「過夜的對象是希墨同學更好嗎？」

「妳想吵架的話我會奉陪喔？」

「算了。跟有坂同學爭執，每次都很累人。」

她露出已經打從心底受夠了的態度。

「我有同感。因為支倉同學很難纏。」

「妳沒資格說我。從一開始就贏得勝利的人是妳吧。」

「就算如此妳也沒有放棄，妳很頑強喔。」

以情敵的來說，沒有比她更可怕的存在。

因為如果我是男生，我會更喜歡支倉同學勝過我自己。

我的自信沒有高到這麼迷人的女孩隨時在旁邊，還能保持冷靜的程度。我討厭自己的幼稚和軟弱，當我失敗時，總是會陷入沮喪。

儘管不知道周遭的人有什麼想法，我並非那麼堅強的人。

正因為如此，我能只向希墨坦率地吐露弱點，讓我感到不可思議。

我能認為告訴他也不要緊。

「——我未能徹底死心。因為希墨同學是我第一次視為戀愛對象的男生，我還不知道該如何整理心情。」

「這樣呀。」

如果我自己也失戀了，說不定會同樣地難以死心。

事到如今再當面責怪她也過意不去。

任何人都會面臨失戀。

我很幸運，第一次喜歡上的男生碰巧就是希墨。

我認為真的只是如此。

喜歡上一個人之後，不會像周遭眾人說得那麼在意他的缺點，我也不是為了向他人炫耀吹噓而談戀愛。

我喜歡對方，而對方回應了我。

這是不含妥協和計算的簡單關係。

「在同一個班上談戀愛很麻煩對吧。和心上人在一起很開心，會無事自擾……」

「這一點我也有同樣的感覺……前陣子我還強迫希墨接受非愛情喜劇三原則。」

回想起來，我感到輕微的自我厭惡。因為愈是喜歡，愈會希望他只看著我一個人。

「啊～就是妳在派對上提過的吧。有坂同學的善妒，連希墨同學都覺得棘手呢。真可憐。」

「我有自覺，妳別說了！」

「妳就盡力別被他嫌棄吧。」

支倉同學說得一副已經事不關己的樣子。

「託妳的福，我現在也在拚盡全力。」

「還有什麼令妳不安的事情嗎？」

支倉同學把身體轉向側面，看向我。
「…………有種種與家人間的問題。」
「如果妳不介意的話，可以告訴我。」
以那句話為催化劑，我把現狀告訴了她。家中關於赴美的提議，我和爸爸正在吵架，現在都不怎麼說話。
「啊哈哈。有坂同學也有可愛的一面呢。」
「這不好笑！」
「抱歉抱歉。」
「不，但就算是遠距離戀愛，我看你們也不會有問題吧？」
支倉同學非常自然地這麼說。
「妳這樣認為嗎？」
我臉上也露出膽怯的表情，忍不住問她。
「說真的，如果距離改變後戀愛就談不下去，感情只有這種程度的話，等到高中一畢業肯定就會分手。」
她如預言般斷言。
「別這樣。我聽了會更加擔心吧。」
「至少希墨同學看起來不是會被這種事情左右的男生吧。」

「我也這麼覺得。」
老實說，支倉同學的斷言鼓舞了我。
知道這不是我一廂情願的認定，我高興起來。
「可是沒辦法約會，會單純地感到寂寞吧。」
「沒錯，我絕對受不了～不可能接受～」
我光是想到就覺得想哭，把臉埋進枕頭裡。
「喔～難過到淚濕別人家的枕頭，妳真的很不願意呢。」
「為什麼爸爸要突然提出這種事情啊。糟糕透頂。」
我不斷吐出抱怨。
「——光是能跟親生父親吵架，不是就很好了嗎。」
支倉同學忽然喃喃地說出這種話。
聽說她的父親在她小時候去世了，她一直跟母親相依為命。最近她母親再婚，她有了新父親。
「抱歉。讓妳不愉快了嗎？」
「不，沒什麼。我只是在想，我至少也想試著跟親生父親吵一次架呢。」
由於眼睛漸漸適應昏暗，我偷看她的側臉，她表情顯得有些悲傷。
「我在照片上看過爸爸的長相，卻連他的聲音是什麼樣都不記得。我在想如果他還活著，我們也可能像有坂同學一樣發生過父女吵架吧。」
「所以，妳才決定成為醫生嗎？」
「唉，能不能當上還不知道呢。」
「妳可以的。」
這次輪到我斷言。
如果醫生是像支倉朝姬一樣善於傾聽的人，患者也可以感到安心。這與出於知識或頭銜的信任是兩回事。從她身上感受到的知性與開朗，會使對方敞開心房。
「謝謝。」
「欸，跟新家人相處很辛苦嗎？」
「一點也不會。只是一開始不習慣，有種不對勁的感覺。我之前認為家人是從一開始就存在的，所以對於『新成為一家人』摸不著頭緒。」
「……從某種意義來說，我家可能也是那種感覺。」
「這是什麼意思？」
「我的雙親長期待在國外，我們的對話量遠比一般家庭少得多。最近一年才見幾次面……」
「比方說雖然是家人，卻不知道該怎麼交談才好嗎？」
支倉同學靜靜地理解了我心中的想法。

「嗯。感覺跟他們分開生活反而是理所當然的，我們只有在去旅行時與他們回國時才會『成為一家人』。」

我也覺得，把居住在東京的我與姊姊，跟在國外工作的雙親作為家庭聯繫在一起的，只有血緣關係。

「我看妳爸媽是想跟妳多說說話，才想帶妳去美國吧？」

「真給我添麻煩！」

「唉，料想得到的反應呢。」

當我斷然捨棄，支倉同學大笑。

感情未必會隨著距離而改變。

即使如此，用長期累積的時間來建立關係，這對於家庭或情侶來說都是一樣的。

以有坂家的情況，由於父母和孩子早早分離，不管是好是壞都構成了成熟的互動關係。

即使我試圖理性的對話，唯獨這一次我無法保持冷靜。

就算我拚命反對，結果可能會被看成是小孩子在鬧脾氣。

沒辦法好好地表達自己的心情，令我心急。

為什麼我在關鍵時刻總是不善言詞呢？

我生自己的氣，但找不到決定性的方法，只能暫時用拒絕溝通來爭取時間。

既然我告訴希墨「你要相信我，等著我」，我非得設法說服雙親不可。

然而我卻還沒找到突破口。

「……我可能陷入重大危機了。」

「將來回顧時，這次父女吵架說不定也會變成美好的回憶。」

支倉同學用開朗的聲調鼓勵我。

「目前都快變成最糟糕的回憶了。」

「像這種氣餒的傢伙，就要吃吃這招！」

支倉同學突然抱住我。

「這身體觸感真好！軟綿綿的。抱起來太棒了。」

「不要一邊亂摸別人的身體一邊直播！」

「就是這個讓希墨同學迷失自我的嗎？的確會上癮。」

「妳的摸法很下流耶！」

我覺得癢而扭動身體，但她的手沒有離開。

「哇，胸部好大。這是什麼夢幻新素材！」

她的聲調明顯地雀躍起來，動作更加大膽。

「別因為我們都是女生就為所欲為！」

「有何不可、有何不可？」

這裡有個調戲民女的黑心貪官。我的雙腿也被她從背後卡住，無法逃離床鋪。

「給我適可而止！」

「等一下我也讓妳摸我的。」

「這不是那種問題！」

經過激烈的反抗，我設法逃離支倉同學的魔手。床上亂成一團，我還發出急促的喘息。

我們彼此拉好亂掉的睡衣。

我有點不敢再跟她躺在同一張床上了。

「支倉同學，妳太過火了。」

「對不起嘛。我愈摸愈開心了。」

「不要摸得開心！」

「不過，這樣煩惱有消散一點吧？」

「……唔。如果妳要鼓勵我，那正常說話就好。」

「就這麼做吧。」

我接受支倉同學的道歉，不情願地回到床上。

然後我們一直聊到深夜。我們對瑣碎的話題聊得有說有笑，我感覺跟支倉朝姬這個女孩變得很親近。

「實在是想睡了呢。」

「對呀。我可以在最後提一個提議嗎？」

當我打起呵欠，她奇妙地鄭重說道。
「什麼呢？」
「我差不多可以直呼妳的名字了嗎？夜華。」
「──那麼，我也叫妳朝姬喔。」

結業典禮當天早上，我和朝姬在教室裡互相直呼名字打招呼。
看到這段互動，希墨驚訝得地雙眼圓睜。
他的表情很有趣，讓我們倆同時笑了出來。
我和朝姬終於找到了舒適的距離。

◇◇◇

第二學期的結業典禮順利地結束了。
大家從體育館一個接一個回到教室，分發成績單，完成寒假的事務聯繫。
我們二年A班每個人在這方面都很合作，每次都進行得很順利。
然後，我們在講台上的班導師，黑髮的典雅日本美女神崎紫鶴老師做結語的時候到了。

教室內本來正為成績單的內容心情起起伏伏，談論著跨年幾天的計畫，察覺了那股氣息後，嘈雜聲迅速平息。

神崎老師確認大家安靜下來之後，環顧整個教室。

「第二學期在今天結束，等寒假過後，高二生活也所剩無幾，明年就要大考了。」

神崎老師優美的聲音響起。

「——時間對任何人都會平等地流逝。還有許多同學尚未決定志願校，抱著隱約的不安吧。在這時候焦慮也無濟於事。首先請靜下心來，在這個寒假好好地思考自己的未來。大學的偏差值或品牌對大家來說並非唯一的正確答案，因為那是由他人建立的價值。選擇一條對自身有意義的未來之路，那個決定將會形塑自己的人生。」

口氣總是平靜沉著的老師展露前所未有地激昂。

每個同學都表情嚴肅地聆聽著。

我置身的狀況，正符合神崎老師所說的內容。

「重要的是如何說服自己。為此需要用功準備大考，付出對某些人來說稱不上愉快的努力時間。請別視為這是在忍耐，當作一種全力專注投入的訓練吧。那段經驗會確實成為支撐人生的潛在力量。絕不會白費。」

正因為站在老師的立場看過許多學生，神崎老師才能帶著自信地說出這番話吧。

「各位是可能性的集合體。請不要輕易流於惰性或妥協，不要畏懼挑戰。主動封閉未來太可惜了。有勇氣地開拓人生吧。我重複一遍。我期待大家充滿勇氣地去挑戰。請將這件事牢記在心，度過有收穫的跨年假期。祝大家有美好的一年。」

那種說話方式，充滿符合神崎老師特色的說服力。

那簡潔而抓住要點的內容，光是聽在耳裡，胸中彷彿就燃起火焰，真是最佳聲援。只要環顧全班，這一點一目了然。

每個人都挺直背脊，露出深深體會著這番話含意的表情。

我覺得她真的是很好的老師。

我喊出今年的最後一次口令，二年A班的導師時間結束了。

「老師，我有件事想與妳商量，接下來妳有空嗎？」

我看準時機向神崎老師開口。

「……瀨名同學會主動找來真少見。明天會下雪嗎？」

老師瞪大了雙眼。

「我有點心事。」

「我是無妨，不過留有坂同學一個人沒關係嗎？」

「夜華今天會跟她母親一起去購物，已經回去了。」

「對喔，她的雙親回國了。」

「老師是從亞里亞小姐那邊聽說的嗎？」

「是呀。」

「那麼，那件事老師也聽說了吧？」

「那件事？」

「她可能會去美國的事情。」

我壓低音量，緩緩地確認。

「略有耳聞。」

「包含這件事在內，我想跟妳談一談。」

「我知道了。那麼，後續的話就到茶室談吧。」

老師這麼說道，先行走出教室。

我也跟著來到走廊上。

「……瀨名同學，你最近跟亞里亞聯絡過嗎？」

老師忽然這麼問。

「自從文化祭後，一次也沒聯絡過。」

「這樣嗎。」

「怎麼了嗎？」

「不，沒什麼。」

在同時也是茶道社社團教室的茶室。

試著想想，我很久沒在這間茶室與老師單獨談話了。

我正座在榻榻米上請老師泡茶，享用茶點羊羹。

「這個羊羹真好吃。」

「瀨名同學一開始明明緊張又動作僵硬，現在也完全放鬆了呢。」

「因為從一年級時開始，每次過來這裡都會有難題落在我身上。我已經習慣了。」

「凡事都是經驗。」

「擔任代理男友去問候老師的雙親也算是嗎？」

「請忘掉那件事情。」

「不不，藉由我的努力，老師與雙親的關係也改善了，不是嗎？」

「關於那件事，我很感謝你。但是，瀨名同學讓我在文化祭的時候深深地反省過，我誤判了你強烈的責任感。」

神崎老師微微垂下視線。

「映好像對文化祭留下很深的印象，最近說她想就讀永聖呢。如果她成功考上，請老師關照她。」

「亞里亞也好、瀨名同學也好，為什麼都託我照顧自己的妹妹呢？」

「因為神崎老師是好老師，不是嗎？」

唯獨這一點不會有錯。

「——請轉告她，我等著她入學。」

「謝謝。」

「如果你妹妹成為不會像哥哥一樣亂來的學生，我會很高興的。」

「我會昏倒單純是超出負荷，上台演奏也是我自己的意志。」

「你不聽我的囑咐，把自己逼過頭。」

神崎老師深深地嘆息。

「剛才老師不是說過嗎？那是充滿勇氣的挑戰。」

「請不要順著自己方便做解釋。」

「結束以後，不就是一段美好的回憶嗎？」

我像好了傷疤忘了痛一樣開起玩笑。

然而，這觸怒了神崎老師。

「你在前一天過度勞累昏倒了！如果發生什麼萬一，那該怎麼辦？」

老師的怒火令我僵住。

「那是我自作自受……」

「成人背負責任，是為了保護孩子！」

老師拉高嗓門。

成人與孩子。

那個差異正直接連結到我現在懷抱的問題。

「害老師擔心了。」

「你不道歉嗎？」

「因為我並不後悔。」

「在衝勁與熱情驅策下行動是年輕的特權，但你別以為自己是無敵的。」

「……我身邊都是些很厲害的人。我很難這麼認為。」

在聖誕派對上聽到大家規劃的未來，實際上我相當沮喪。

隨著時間過去，興奮感也會消退。

在那個舞台上的全能感早已消失。

那只不過是高中文化祭上的一幕。我回過神發出冷笑，身為尚未找到連結未來的立足點的十七歲少年，我對自身感到越發焦慮。

「你真謙虛。」

「反正我就是個凡人。」

我不禁脫口說出已經成為習慣的自嘲。

「……你認為我為什麼會請你擔任班長？」

「因為我看起來很好使喚？」

「你當我是什麼暴君啊？」

神崎老師皺起眉頭。

「老師不是不斷拋出難題嗎？」

「多虧這樣，你跟有坂同學才能成為情侶，所以抵消了。」

神崎老師難得地用輕鬆的口吻反擊。

教師與學生的關係沒有什麼欠不欠人情債可言，不過她盡可能與學生保持對等的態度令人有好感。老師很溫柔呢。

「你有兩個主要的長處。一個是對於自己做決定的事情，會好好負起責任做到最後。無聊的自嘲會降低自己的價值。你有面對任何人都無須畏懼的基礎，所以放心吧。」

「是。」

老師直率的言語，為我調正了那名為自信的脆弱脊梁。

「第二個是將人與人連結起來的人品。你具有能配合任何人的靈活性與寬宏器量。大家覺得像這樣的瀨名同學會接納自己，依靠並仰慕著你。而且受到努力的你影響，其他人也受到刺激逐步成長。瀨名希墨的影響力不容小看。」

我總覺得很感動。

多虧這個人的守望，我得以有所成長。

「瀨名同學，你遠比你想像得更有魅力。七村同學、宮內同學、支倉同學、幸波同學，最重要的是，有坂同學都仰慕著你，是最大的證據。」

老師一一唸出瀨名會成員們的名字。

「這都歸功於神崎老師的指導。」

「真敢說。不管再怎麼替那位學生著想，老師所說的話大都被當成耳邊風。實際上，瀨名同學也無視我的話登上了舞台。」

神崎老師顯得不滿。感覺她嘮嘮叨叨地在宣洩之前按捺的想法。

「……唔。」

關於這一點，我沒有話可以辯解。

「就算我個人支持，神崎紫鶴這名教師在職責上，無法發表讓你登上舞台的發言。」

老師話中帶刺，刺得我好痛。

我現在的表情應該非常尷尬吧。

神崎老師看到我的表情，一副滿意的樣子。

「在漫長的人生中，老師只不過是在學生時代遇見的成人之一。雖然也有學生視我為恩師仰慕我，但那是他們與我之間碰巧個性契合吧。亞里亞正是這樣。而且，成人所說的話未必全都是正確答案。」

這個人極力地保持謙虛與客觀。

「我喜歡老師像這樣為學生著想又誠實的一面喔。」

我不知道喜歡這個形容是否適當，一說出口又感到奇妙地難為情。

我有生以來第一次對教師說出喜歡這個詞彙。

儘管如此，我試著表達至今的感謝。

「……對我來說，瀨名同學無疑會是一輩子忘不掉的學生呢。」

神崎老師臉上浮現我至今不曾見過的柔和笑容。

那與平常的落差，令我不禁心跳加速。

不妙。年長女性不設防的表情破壞力相當強。

窺見藏在撲克臉下不可窺看的真實面貌的悖德感襲來。

「瀨名同學？你怎麼了？」

「不，沒什麼。哎呀～這個抹茶與羊羹的組合太棒了。」

我像在掩飾般，把剩下的茶水點心一口氣送入口中。

全部吃完之後，我在最後試著拋出涉及隱私的問題。

「坦白說，老師想跟怎樣的對象結婚呢？」

神崎老師瞪大雙眼，慌張起來。

總是戴著面無表情面具的人認真地為難著。

「為、為什麼瀨名同學會談到結婚？」

「我很好奇要成為怎樣的大人，才能一直受到喜愛。果然是看外表嗎？還是財力？」

我自己也覺得這個問題很幼稚。

這也沒辦法，十幾歲時的自我意識就像一年有一半時間在颳颱風一樣。

開心的時候忘乎所以，疲憊辛苦的時候更會感到世界非常不合理。

「這些都是判斷因素之一，但我認為大前提是性格是否相投，或是善良與否吧。」

「要怎麼做才學得到讓女性想託付終生的善良？不如說，善良具體上是什麼？」

我不斷深入追問，讓神崎老師有些退縮。

「這是做什麼？結婚對於年近三十的女生來說是敏感話題，小孩子不要天真無邪地吐槽！」

她非常情緒化地發了火。看樣子我不慎踩到她的地雷了。

「我感到很不安，忍不住衝動了。」

「沒關係，聆聽學生的煩惱是老師的職責。」

「當作參考問問，老師偏好的男性是什麼樣的人呢？」

「那跟瀨名同學沒有關係！」

「那連是理解男女微妙之處的老師，也認為愛情和婚姻是兩回事嗎？」

「你在挖苦我？」

「我很認真地在煩惱。」

我心知肚明。那個問題甚至很幼稚。即使如此，我還是忍不住要找人問。

我不禁期待老師會給我提示。

「結婚是兩個家庭間的問題——這種論調會盛行，是因為婚姻有許多困難吧。在生病時、孩子誕生時，有自己家人的援助當成保障，那是再好也不過的。」

因為我是小孩子，我完全無法想像自己成為父親。

「……要怎麼做，我才能成為有坂家的新家人呢？」

「我懂得你焦慮的心情，但是在高中生階段，要取得她家人的同意以現實來說很困難。」

「這我明白，可是！」

「別露出那種表情。看得我都擔心了。」

「老師，有什麼是現在的我能做到的嗎？我不想跟夜華分開。」

到頭來，我的願望只有這一個而已。

「我說過了吧，瀨名同學。你比你自己所認為的更有影響力。」

神崎老師用一如往常的冷靜語氣對我說。

好像只有這個人知道我沒看見的答案。

「咦？」

「是瀨名同學改變了那個頑固地封閉心靈的有坂同學。讓她能像現在一樣在學校裡露出愉快表情的人，不是亞里亞，也不是我。唯獨這一點，任何人都無法模仿。這是客觀的、是絕對的。」

「是我改變了夜華……」

「瀨名同學。你太過拘泥於平凡這個詞彙了。對你而言的理所當然，其實是最大的武器，你要對此更有自信。」

我一輩子都不會忘記神崎老師當時的建議。

在我人生中最好的老師，無疑是神崎紫鶴。

第五話　不說就無法開始

第二學期的結業典禮結束，進入短暫的寒假。

不知不覺間已經來到除夕。

如每年一般，年末忙碌又靜不下心。

我每天都有和夜華聯絡，但她以回國父母的行程為優先，最近我們沒有見面。

雖然見不到在學校天天會見面的情人很寂寞，我認為她盡量與平常無法見面的家人一起共度時光比較好。

關於前往美國之事，她尚未報告有所進展。

另外，我還有另一個心神不寧的理由。

聖誕派對之夜，我與夜華在廚房裡的談話留下了影響。

我們可能終於要登上成人的階梯了。

根據夜華的言語和態度，那種預感漸漸變得前所未有的明確。

由於這樣，我的腦海中完全是一片粉紅色。

期待與緊張交替來訪，想像力完全故障。不好的妄想擅自擴展開來，讓我心煩意亂。

自從等待夜華回覆告白的那個春假以來，我第一次那麼情緒不穩定。

煩惱的我決定專心投入於大掃除。我不僅清掃自己的房間，打掃範圍還擴及整個家中，努力試圖把汙垢跟自己的邪念一起清除。顯眼的汙垢不用多說，連隱藏的地方也都徹底清潔。我抖落高處的灰塵，把窗戶和玻璃擦得亮晶晶。

「希墨，你又變得好奇怪。你在想著夜華嗎？」

映已經習以為常地傻眼說道。

「就是這樣沒錯，別管我。」

我也不加掩飾。

「媽媽叫我們出去買東西。還要我們午飯也順便在外面吃。」

「我正忙著清理通風扇。」

「已經清乾淨了。你的手從剛剛開始就一直沒動。」

「……啊，真的耶。」

通風扇扇葉上的油汙徹底清光了。

由於人在廚房裡，我的意識無從避免地被拉回十二月二十五號。

「還有，媽媽說如果你不讓出廚房，她沒辦法做年菜。」

「那可是個大問題。」

「嗯。沒有年菜的新年很乏味。」

映一臉嚴肅地表示同意。

我迅速收拾乾淨交出廚房，和映一起走出家門。

一來到戶外，明明正值中午，冷空氣仍刺痛臉頰。

我的鼻腔深處發痛，呼出的氣息染成白色。

最近這幾天天氣變得更冷了。

我不由得聳聳肩，重新圍上夜華送我的圍巾遮住嘴巴。

走在我身旁的映穿戴著大衣與手套，頭上戴著毛線帽，整個人毛茸茸的。

「欸，會不會下雪呢～如果有積雪，我想堆雪人！」

「要是變得更冷會很難受耶。」

我忍不住認真地回應妹妹天真無邪的願望。

因為我明顯一定會被迫幫忙。我早就已經過了能在天寒地凍裡開心玩雪的年紀。

「希墨，你缺乏幹勁喔。」

這是幹勁的問題嗎？玩雪也變得相當艱苦了啊。

「那也找紗夕過來吧。她住在附近，應該會來。」

像這種時候就要找住得近又方便的親近學妹。積極找能拖下水的人過來是最好的方法。

「我贊成！如果有紗夕在，就能堆大雪人了！」
「妳是想堆得多大。」
「跟我的身高差不多。可以的話，我還想蓋雪屋。」
「要蓋雪屋實在有困難吧。比起在東京等著下雪，前往大雪地區會更確實能蓋出來。」
「我去拜託爸爸看看。我還想滑雪。」
好，我們一家人肯定會在冬季去滑雪旅行了。
父親對於女兒的請求寵溺得要命。
不，這是指瀨名家的情況。
我們穿越住宅區，抵達熟悉的車站前。
明明是三十一號，人潮卻很多，顯得匆匆忙忙的。
我並不討厭這種過度被催促的感覺。
要如何解決在今年內尚未做完的事，或是要放棄延後到新年度再說的糾葛。
就算有開心事，在跨越年關之後感覺也會被重置的微微寂寥。
以及反過來對於明年一定會順利的淡淡期待。
沉浸在這種歲末躁動的氣氛中回顧這一年，或許是一種精神上的大掃除。
不過，明年應該很難度過這種有情調的跨年。
一個看來像考生的別校高中生神情緊繃地走過我身旁。他快步走著，目光落在手邊打開的英文單字本上。

那就是我明年的模樣。

對於考生來說，現在是身心都不容放鬆的時期。

他應該在關心健康之餘，把所有時間都用在了學習上吧。

我在心中向那個背影送上聲援。

「好了，映。妳午餐想吃什麼？肚子有多餓？」

「餓扁了！」

走在身旁的妹妹也沉浸在歲末的氛圍中，比平常更加活力充沛。

「媽媽有多給我一些錢，不用客氣喔。」

我催促她說出想吃的東西。

「吃拉麵！」

「今天的晚餐是跨年蕎麥麵，這樣會連續兩餐吃麵喔。」

「那吃炸雞！」

「妳在聖誕節不是才剛吃個痛快嗎。」

「希墨否決太多次了～～」

「我只是表達意見而已。」

「像這樣冷淡對人，會惹夜華嫌棄喔～」

映人小鬼大地說。

「小學生別講得一副很懂的樣子。還有，我跟夜華甜蜜得很。」

「希墨都只提夜華。」

「比起妹妹，情人當然更重要吧。」

「好過分！」

映露出大受打擊的表情，恨恨地抬頭看我。

「反正妳過幾年後就會覺得我很煩，乾脆趁這個機會脫離哥哥吧。」

「人家喜歡希墨！」

「是是是，謝謝。」

「不用道謝，要對我好！」

映這麼說著，抓住我的手臂。

「不要把體重壓上來！好重！我肩膀要脫臼了！」

映不顧來往的行人，想掛在我的手臂上。

「人家才沒有那麼重。」

我的身體一歪，動彈不得。映的屁股都快碰到路面還不肯放手，真傷腦筋。

「我知道了！總之我們去吃飯吧。」我把她從手臂上解下來。

「那餐廳給你選。」

「啊～～要吃中國菜嗎？」

「跟拉麵沒什麼差別嘛！」

「套餐有咕咾肉跟青椒肉絲等各種口味可以選吧。」

「我現在不想吃飯類。」

「義大利麵之類的呢？」

「那也是麵！」

「不然，去那邊的咖啡廳吃三明治和熱狗。」

「早餐吃過麵包了～～」

「妳也把我的主意通通否決了吧。」

映接連拒絕了我所有的提議。

她把我剛剛的舉動原封不動奉還，讓我心想這是故意的嗎。

儘管有些店在除夕沒開，車站前仍然有從連鎖店到基本款的各種齊全選擇。

然而，食慾迷路了。

我現在想吃什麼呢？這也是今年最後一頓的午餐，我不太想妥協。

「欸，再多提一些點子吧？」

映一派理所當然地要求。

「……妳啊，以後跟人約會時，要具體告訴對方妳的需求喔。」

「為什麼？」

「因為別人無法輕易猜中妳想要什麼啊。」

我不希望妹妹變成不提出替代方案，只會否決的難搞麻煩女人。

在約會中遲遲不決定用餐的地點令人焦慮，如果餓著肚子，連心情都會變糟。

在這一點上，可能是我和夜華從一開始就性格相投，在選擇餐廳時從未爭執過。

如果肚子餓了，看到哪家店就隨意走進去也可以吃得開心。

即使從這個意義來說，我跟夜華也是很契合吧。

開始交往後，我更加切實地感受到這一點。

「因為如果是希墨就會猜中嘛。」

抱怨了那麼多，妹妹對我全面的信賴卻堅定不移。

「——那是因為我是妳哥哥，是例外。」

她是比我小七歲的妹妹，從她出生的那一瞬間起，我就認識她了。

我幫忙爸媽帶小孩，替她換尿布、用奶瓶餵奶、陪她玩耍，一直照顧她到今天。

不是我自誇，我自認對於映的事情大都了解。

「那約會也帶希墨去就行啦。」

妹妹說出這種話。

我差點笑出聲。

不管怎麼說，我也很疼妹妹。所以會奉陪她大多數的任性舉動。

唉，現在還能像這樣被她耍得團團轉的時候都算好的。

幾年後，我們像這樣一起出門的次數就會減少，她會對我嫌棄「哥哥好臭」什麼的吧。

……光是想像就令人火大。

我們沒決定餐廳繼續在車站閒晃，遇見了那個人。

「咦，阿希。還有小映。」

我們朝聲音傳來的方向看去，那邊站著一位令人眼睛一亮的美女。

「──亞、亞里亞小姐」

猝不及防的我發出錯愕的叫聲。

我心臟砰砰直跳，緊張起來。

我情人的姊姊，有坂亞里亞站在那裡。

「什麼啊，聲音都變調了。不必那麼驚訝吧。真失禮。」

亞里亞小姐一如往常態度親切地走過來。

但最令我驚訝的，是亞里亞小姐的劇烈變化。

「妳、妳的頭髮到底是怎麼了？」

「為了轉換心情，我試著換個形象。怎麼樣，適合我嗎？」

亞里亞小姐把原本很長的頭髮剪短了。

◇◇◇

「亞里亞姊姊，午安！」

映高興地撲向亞里亞小姐。

「小映，好久不見。」

我情人的姊姊與我的妹妹，像年齡有差距的好友般親切地打招呼。

說真的，她們是幾時感情變得那麼好的。

「短髮也很可愛呢！」

「謝謝。我在人生中第一次把頭髮剪那麼短，總覺得心神不寧，不過有小映稱讚，那我就放心了。」

跟夜華繼承相同血統的美麗姊姊，曾在我國中時代上過的補習班擔任兼職講師。多虧亞里亞小姐的斯巴達式指導，我得以考上永聖。

她說來是我的恩人。

不過，亞里亞小姐大膽的形象轉變令我愣住。

驚訝程度堪比得知她是我情人姊姊的時候。

「什麼啊，你一臉大吃一驚的表情。阿希，你盯著我看過頭了。」

「我太過吃驚，所以有些慌張。」

我的窘迫反應，讓亞里亞小姐露出疑惑的神情。

「那麼，感想呢？我希望最好是讚美喔？」

「那當然是非常迷人。短髮也很適合妳。因為形象變得與先前截然不同，我一瞬間還以為是另一個人。」

「阿希是第一個看到我短髮亮相的男生喔。不愧是你，超級幸運。」

「時機還真巧。」

而且我沒想到會在家附近遇到亞里亞小姐。

「呵呵呵。昨天剪了頭髮後，我在紫鶴家開忘年會，直接住下來過夜。現在正要回去。」

「妳們感情還是那麼好。所以妳才會除夕出現在這種地方啊。」

亞里亞小姐也是永聖高級中學的畢業生，她讀書時的班導師是神崎老師。如今她們以好友的身分繼續來往。

從昔日班導師到我讀小學的妹妹都能相處融洽，亞里亞小姐的溝通能力真了不起。

對了，映也是不怕生，擅長與人親近的類型。

……咦，她們兩個有點像嗎？

映未來若變得像亞里亞小姐一樣，雖然可靠，但令人憂慮。

「如果每年兩個人沒有一起開忘年會，聽不想回老家的紫鶴吐吐苦水，她就沒辦法回家探親呢。」

「神崎老師也會像這樣發牢騷啊。」

在學校裡無懈可擊，態度理智又冷靜的神崎紫鶴老師也會如此。

「紫鶴對於他人的事情很乾脆，但碰到自己的事情還滿容易畏首畏尾的。不過，今年多虧了某個人，狀況比起往年來得好。」

「那個亂來的人正是亞里亞小姐吧。」

在七月上旬，亞里亞小姐突然來到學校。她帶走正要回家的我，表示有事相求，找我擔任代理男友與神崎老師的雙親見面。

這個請求明顯超出了學生能做到的範疇。

雖然提出請求的人有問題，接受的我也不太妥當。

從以前開始，我就有無法違抗亞里亞小姐指示的一面。

「你不是沒拒絕嗎。」

「如果神崎老師辭職，我也會很困擾。」

「拯救班導師免於危機，對於學生而言也很光榮吧。」

「不過我的成績單倒是沒什麼變化。」

話雖如此，我第二學期的期末考成績不錯，多少有一些進步。

「紫鶴不會做假，不過你的印象分數肯定上升了。」

「我可是在文化祭沒遵守老師的囑咐，溜出醫院的問題少年。」

「我也是共犯，所以不予置評。」

「亞里亞小姐，當時妳為什麼會來呢？」

多虧亞里亞小姐開車到我住院的醫院來接我，我才能趕上正式表演舞台。

她其實很會照顧人，所以我也對她抬不起頭。

「因為我也一直期待著現場表演。」

「妳看得滿意嗎？」

「嗯。我都不知道你電吉他彈得那麼好。」

「我一直練習到深夜，練到自己都累倒了。」

在家裡自我練習的休息空檔，我曾打電話給亞里亞小姐詢問文化祭執行委員的事情。亞里亞小姐或許是在對話中發現我在逞強，才會開車到醫院來接我。

我再也不想體驗到在醫院病床上醒來時的那種絕望感了。

正因為如此，我對於在絕妙時機出現的亞里亞小姐感激不盡。

「——很帥氣喔。」

「……謝謝。」

亞里亞小姐一臉認真地讚美了我，我不知該如何反應。

對話中斷，有些尷尬的沉默來臨。

我的視線在腳邊徘徊，想尋找適當的話題，發現腳邊與平常不同。

「妳今天不搭計程車，要搭電車回去嗎？」

說到亞里亞小姐，我有種她基本上用汽車當交通工具的印象。

她穿的不是高跟的鞋子，而是考慮到要走路，特地選擇了運動鞋。

今天的穿搭整體也是休閒風。她圍著一條顏色沉穩的優質圍巾，披著高級品牌的大衣。底下簡單地穿著毛衣和長裙。

正因為未經裝飾，全面強調出她本人的魅力。

那副身姿給予人模特兒私下時的印象，與一般人有所區別。

畫的妝也比平常來得淡，讓我更切實地感受到她與夜華長相上的相似。

我還以為我已經跟她很熟了，但在相隔許久後見面，使我重新體認到她美得可怕。

「我最近都改成走路。」

「妳開始減肥了嗎？」

「真失禮。我的身材現在也好到沒有那個必要。」

「自己說這種話，真敵不過妳～」

「如果你懷疑，要確認看看嗎？」

亞里亞小姐的手仍放在大衣口袋裡，她直接敞開大衣。

只要看看腰部的曲線，她的身材之好就一目了然。由於不用衣服掩飾，可以清楚看出她本身難以掩蓋的資質魅力。

那不打扮得太過精緻的模樣，同時讓我回想起她在補習班指導我的時候。

當時的亞里亞小姐與現在不同，一點也不時髦。她不注重穿搭，也嫌化妝麻煩，總是用眼鏡與口罩遮住臉龐。

當時的我比起現在，更是個毛頭小子，不可能發現亞里亞小姐的真實面容如此美麗。

「夜華會殺了我的。」我只能露出苦笑。

「哎，你連我穿內衣的樣子都看過了嘛。阿希真好色。」

「那是意外吧！」

第一次拜訪有坂家時，穿著內衣睡在沙發上的亞里亞小姐以為我是夜華，推倒了我。那是場相當激烈的重逢。

「唉～有一瞬間感到緊張的我像個傻瓜一樣。」

沒錯，亞里亞小姐突然出現在眼前，我相當緊張。

「上次碰面還是文化祭的事嗎。從那以後，你也沒聯絡過我。」

「碰巧是這樣。」

「太好了。我還在想是不是有什麼原因讓關係變得尷尬了呢。」

亞里亞小姐嫣然一笑。

面對那壓迫感格外強勁的笑容，我把湧到喉頭的話再度吞了回去。

既然她本人這麼說，我們之間就不存在讓關係尷尬的原因。

「是呀。和至今一樣，什麼也沒變。」

我的緊張也放鬆下來。

「……你們兩個感覺怪怪的耶？」

映一臉不可思議地來回看著我和亞里亞小姐。她仔細地觀察我們的表情，試圖從中解讀什麼。

「對了！站著聊天也很冷，要不要去家庭餐廳？我請客！」

「除夕耶，妳有空嗎？從今天起你們一家人要去修善寺的溫泉旅行吧。」

「還是有吃個午飯的時間呀。」

多虧亞里亞小姐，我們終於決定了午餐的去處。

不僅如此，在這個時機與亞莉亞小姐重逢也是某種緣分或指引。

難得有機會，我想向她詳細打聽有坂家的情況。

◇◇◇

我們前往附近的家庭餐廳，剛好不用等候就入座了。

點完餐後，我們一邊喝著飲料吧的飲料，一邊等候餐點上桌。

映一個人一次倒了好幾種飲料，擺在一起試喝比較。

我懂。難得有飲料吧，會想喝喝看各種飲料對吧。

「話說回來，在文化祭上求婚，你還真心急。明明還是不能提出結婚登記申請書的年紀呢。下次你打算見我父母了嗎？」

亞里亞小姐忽然開口。

「如果有必要，我現在就可以過去。」

「真有膽量～」

「反正是遲早的事情而已。」

「高中生的戀愛太直率了。對我來說有點沉重。」

亞里亞小姐平常都用迷惑人的方式說話，態度從容，今天卻沒有那種氛圍。

我也不知怎的難以保持平常的距離感。

一方面是她剪掉頭髮後，印象為之一變的關係吧。

我認識亞里亞小姐明明比夜華更久，卻有種在跟初次見面的人交談的心情。好奇怪。

「亞里亞小姐對於我當夜華的對象並不滿意嗎？」

狀況本來就不利，如果反對派再增加，我會很傷心。

「別太早帶走我妹妹。我還想珍惜姊妹相處的時間。」

亞里亞小姐露出姊姊會有的表情，說著可愛的話。

「不用擔心，夜華也不可能離開妳吧。我沒有傲慢到會強行介入妳們的關係。」

「很難講喔。沒脫離妹妹的人，或許反倒是我。」

「又像這樣用意味深長的方式說話了。亞里亞小姐的壞習慣沒改掉呢。」

「阿希對我好嚴格。」

美女不滿地直盯著我。

「對妳抱著警惕已經成了習慣。我想是斯巴達式指導的弊害吧。」

「如果不是你說想考上永聖，我會更偷懶一點。」

「反過來說，真虧妳當時經常陪我留下來。打工不是會想早早做完就回去的嗎？」

「嗯～意外地並非如此喔。我並不是為了打工薪水而當補習班講師的。」

亞里亞小姐回顧過去，臉上浮現愉快的表情。

「真是好事之徒。」

「本來爸爸和媽媽就擔心分開生活的女兒們，給了超出所需的生活費。唉，我很感激就是了。」

我和映不由得面面相覷。

由於我們突然沉默。亞里亞小姐浮現不可思議的表情。

「怎麼，有什麼奇怪的事嗎？」

「原來亞里亞小姐都叫雙親爸爸和媽媽。感覺好可愛。」

「人家也是叫爸爸和媽媽喔！」小學生贊同道。

「——唔，我只是沒改掉以前的習慣。」

「不不，走歐美風格不是很好嗎。而且妳是女生。」

「調侃年長的人很有趣嗎？」

「那當然很有趣不是嗎。」

我堂堂正正地承認。

以前我都單方面的被她逗弄，所以現在要報復一下。

「如果你淨是說些囂張的話，我就不站在你這邊了。」

當我一大意，凌厲的一鞭立刻揮來。

「對不起。唯獨這樣我會很困擾的。」

跟亞里亞小姐為敵有百害而無一利。

「說真的，我想在高中交往的情侶結婚的機率非常低喔。」

「如果把數字帶進戀愛當中，我從一開始就會放棄告白。」

「阿希，你有什麼根據小夜會答應你的告白嗎？」

「那怎麼可能。我只是相信校舍後面的櫻花樹有促成戀愛成功的效果而已。」

不知道是從誰開始傳起的。

每所學校都會有一個告白聖地。

在永聖高級中學，傳說的地點是位於校舍後方的櫻花樹下。

我也效仿傳聞，在那裡對夜華告白，沒想到那個開端居然是亞里亞小姐。

「我拒絕告白的地方變成學弟妹們的告白聖地，還真奇怪。那裡明明應該沒有半點結緣效果才對。」

當事人本身不感興趣地浮現乾笑。

實際情況的機制是一旦那個地點建立起告白成功的形象後，去告白的人數就會增加，其中成功的案例會提升那裡作為告白聖地的評價吧。

既然沒有人計算過實際數字，那成功率會是如何呢？

人類是想往方便的角度解釋事情的生物。

「欸欸，你們在說什麼事？」

映很感興趣地問。

「在永聖有一株櫻花樹是著名的告白聖地。我也是在那裡向夜華告白的。」

「如果要告白成功，比起櫻花樹，希墨的效果一定更好！」

當我回答後，我妹妹陳述她個人的意見。

「喔，小映。妳說了令人在意的話呢。具體來說，阿希是怎麼效果更好呢？」

亞里亞小姐也追問著。

「在櫻花樹下告白，並非會立刻得到答覆對吧？」

映對問題做了奇妙的確認。

「嗯，櫻花樹下只是告白容易成功的地點，並沒有規定答覆的時機。」

我只能說出實在太過理所當然的事情。

「那樣的話，只要其他人也像希墨對夜華求婚時一樣，在文化祭的舞台上告白，或許就能馬上獲得答覆了！」

像是靈機一動想到點子般，映的表情亮了起來。

「原來如此。除了告白的成功機率，答覆的速度對小映來說很重要啊。」

亞里亞小姐當場理解映的意圖。

相反的，我追不上妹妹跳躍的思考。

「為什麼會從櫻花樹跳到文化祭的舞台？」

「因為希墨在等候夜華答覆的時候非常奇怪。感覺有點可怕。」

映嗚呃一聲皺起臉蛋。

「總之，小映希望跟阿希一樣，為了等待告白回應而苦惱的人減少。有個為哥哥著想的妹妹，阿希你真幸福。」

經過亞里亞小姐翻譯，我終於掌握了妹妹的想法。

對映來說，立刻得到答覆似乎比提升告白成功機率更重要。

「……我那時候有形跡可疑到給妹妹留下心理陰影的程度嗎？」

「能立刻得到答覆，我想大家都會更高興！」

映馬上點點頭。

等待告白答覆的那段時間，天堂與地獄交互降臨，令人坐立不安。在人生中有過告白經驗的人，應該能理解吧。

「只是，那是因為我和夜華兩情相悅。」

我為妹妹的意見做補充。

並非在舞台上表明心意，就能立刻得到答覆。

而且我吶喊的不是告白，而是求婚。

我尋求的不是交往，而是結婚。那是另一個次元的事情。

再說我不是玩哏也不是開玩笑，我無比認真。

如果我在舞台上求婚後，夜華像以前一樣逃開，我會成為全校最令人失望的男人吧。

能獲得〇真是太好了。

「以文化祭的活動來說，我認為相當有趣喔。在舞台上的認真告白與迅速答覆。心態認真的人專屬的不需等待的戀愛。沒有笑聲也不起鬨。真不錯，這會誕生多少對情侶呢，我很感興趣。」

亞里亞小姐輕輕拍手，表示這是個好點子。

「然後，最重要的是先行營造出絕不捉弄或嘲笑那種認真的人的氛圍。首先大家一起讚揚告白者的勇氣，即使失敗也給予安慰，成功時則所有人一起祝福。」

從小學生的一句話描述組織出計畫案的架構，更找出需注意之處。她動腦的速度快得令我咋舌。

「如果是亞里亞姊姊，會怎麼做準備？」

映露出前所未有的認真表情問道。

「嗯～我以前是學生會長，會自己率先大家引導形成那種氣氛。」

這是身為美女又聰明，充滿領導魅力的學生會長才用得了的手段。

「那人家也要當學生會長！做有趣的事情！」

「嗯。小映做得到喔。」

她們兩人擊掌。

亞里亞小姐與映奇妙地波長相合呢。

「將讓戀愛成功的保佑與效率混為一談，不會遭天譴嗎？」

有點嫉妒的我說出不識趣的話。

「沒關係。比起結果，重要的是給人告白的契機吧。」

「這的確沒錯。」

戀愛中的人一開始想要的是去告白的勇氣。

我不可能否定這一點。

「而且被人乾脆拒絕，更容易邁向下一場戀情吧。」

從她以拒絕人為大前提的發言來看，這個人肯定異性緣很好。

她應該拒絕過大量的告白吧。

「從被迫等待那一方的角度來看，立刻獲得答覆當然很可貴，但是回應的那一方，也會希望至少有時間考慮不是嗎？」

亞里亞小姐與我針對映的點子進行細節討論。

「嗯～沒辦法立刻答覆，就稱不上有多喜歡不是嗎？」

就像在說那樣希望渺茫般，亞里亞小姐滿不在乎地回答。

好淡漠。她的感覺實在太嚴格了。

「給予答覆，不是代表回答的一方也在決定要不要喜歡嗎。會煩惱、覺得害羞也是當然的吧。」

戀愛中的十幾歲男生，想要感覺到與女生之間的關係有可能性。實際上，夜華未能當場回答我，是對於跟我兩情相悅太過歡喜而忘乎所以了。

由於這樣，我被迫在春假中受折磨，但只要能得到她同意，結果好就是好的。

「戀愛還真夠麻煩。」

亞里亞小姐像舉手投降般叫苦。

「對於告白的一方來說，那是場豪賭。只要能提升成功機率，就算抓住救命稻草，也會在告白聖地有樣學樣。」

我代表全國戀愛中的少年少女們高聲主張。

累積了戀愛經驗後，表白的門檻也會降低吧。

只要早一步發現沒有機會，就不會去告白。

有時也會在親近過程中確信對方的好感，不用特地去告白也轉變成了情人關係。

儘管如此，向心上人表達自己的心意的確是可貴的。

即使被期待和不安擺布，仍然鼓起勇氣傳達自己的心意。

透過告白這個儀式將心意化為自己的言語，使得心意變得更加明確。

「我可是不相信靈異與討吉利的那種人喔。」

「就算如此，不說就無法開始啊。」

那是瀨名希墨的基本行動原理。

「……是啊。我跟你第一次見面時，你也向我宣言你想要考上呢。」

亞里亞小姐遮住嘴角，輕輕地笑著。

話題討論熱烈，我發現關鍵的有坂家話題一直沒有進展。

第六話　人生是對愛的考驗

吃完飯後，映離座去上洗手間與倒新的飲料。

看準兩人獨處的時機，我向亞里亞小姐提起那件事。

「夜華說過要我『相信她，等著她』，但赴美那件事實際上感覺能解決嗎？」

大概是我發問時的表情特別凝重吧。

亞里亞小姐板著臉喃喃地說。

「人生是對愛的考驗呢。」

「所言甚是。」

我感慨地點頭贊同她的話。

「如果只靠喜歡的心意，就能讓一切順利進行，明明就輕鬆了。」

「連亞里亞小姐也會這麼想啊。」

「每個人都會遇到吧。對家人的愛、對情人的愛、對朋友的愛，有各種形式的愛，明明並未討厭對方，卻面臨分離。畢業、升學、就業、結婚，死別等等，人生中充滿數也數不清的時機。」

那句話對正好變得很敏感的我帶來強烈的影響。

「那麼，現在的狀況呢？」

「可能性還是一半一半吧。小夜還沒跟爸爸談過，所以沒有進展。我想他們在溫泉旅行時總會溝通的。」

「……亞里亞小姐感覺事不關己呢。」

「我今年大三了吧。明年度就會從大學畢業。沒什麼理由在這個時機才出國，也沒什麼意義。」

「的確沒錯。」

聽她一說，的確是這樣沒錯。二十一歲，就讀大學三年級的亞里亞小姐將於明年度畢業。由於她要求職，也要考慮到學分，離開日本的損失很明確。

她們的雙親應該也不會特地不惜叫優秀的長女留級，也要帶她去美國。

相反的，夜華十七歲。在時間上有餘裕在美國度過整個大學時期。

「所以這次，問題在於小夜自己要怎麼做。」

「我還以為亞里亞小姐會支援夜華呢。」

我本來期待這位可靠的姊姊，會為了妹妹出力相助。

「……我害怕會變得像從前一樣。所以我不能干涉。」

亞里亞小姐的臉上蒙上陰影。

我感覺我是第一次看到表情如此消沉的亞里亞小姐。

「這是什麼意思呢？」

「阿希從小夜那邊聽到的一家人分開生活的經過，是什麼樣的呢？」

「她說在與妳討論過後，妳們送父母出發。」

「在小夜記憶中是這樣啊。」

「咦，不是嗎？」

「只看事實的話，是這樣沒錯。我和小夜討論後，做出了送爸爸和媽媽去美國的結論。」

「從亞里亞小姐眼中來看，實際上是什麼狀況呢？親子分開生活是一件大事不是嗎？」

我很在意她那一連串迂迴的說話方式。

看來夜華的認知與亞里亞小姐有微妙的差異。

「跟爸爸與媽媽分開，我當然也很寂寞。不過，我在日本有朋友，實際上他們也告訴我，在美國生活會很辛苦。在這個前提下，我不想成為雙親的枷鎖。既然他們有想做的事，又獲得可以去做的機會，我想支持他們。而且，就算姊妹單獨留在日本，我有自信可以幫助小夜——不，是過於相信自己了。」

亞里亞小姐的嘴角扭曲。

「我想小夜一定是被我的意見影響了。當時十四歲的我與十歲的小夜，差距比現在更大。明明還在想對父母撒嬌的年紀，她卻按捺著自己的寂寞與不安，配合了我。」

她的聲調前所未有的低落，簡直像在說是自己有錯一樣。

「亞里亞小姐，不是的喔。」

「咦？」

「正因為很喜歡妳，夜華才會選擇相同的結論。因為能夠跟姊姊在一起的安心感勝過了與父母分開的不安，她才有辦法支持雙親。」

我十分清楚有坂姊妹堅定不移的信賴關係。

「若是這樣就好，可是……」

亞里亞小姐顯得格外缺乏自信。

我立刻想到了那個理由。

「難不成夜華是在令尊令堂前往美國後才開始模仿妳的？」

「你真的很了解小夜呢。」

亞里亞小姐點點頭。

「因為除了夜華以外，我想不到其他會讓亞里亞小姐那麼氣餒的事情。」

「被你掌握了姊妹兩人的內心想法，有點可怕耶。」

亞里亞小姐勉強一笑。笑容還有些僵硬。

「我不打算濫用，放心。」

「在把我們玩弄於股掌之間時，你就是個壞男人嘍。」

「聽妳這麼說真遺憾。」

我不可能控制得了這樣的美女姊妹花。

我只想看她們開朗的表情。我不希望她們面露消沉，也不想害她們如此。

「別說幫助她，我還對向我尋求建議的那孩子說『別再模仿我了』，把她推開。小夜的直率，比當時的我所想像的更為沉重。」

亞里亞小姐垂下長長的睫毛繼續說。

這個人明明比一般人能幹，對於做不到的事情卻會長久耿耿於懷。

當時亞里亞小姐一方面也暗自在以自己的方式逞強，想當好理想中的姊姊吧。

我總算遲來地察覺。

「誰也沒辦法變得跟別人相同啊。即使是親密的姊妹也一樣。」

夜華本來就不擅溝通。

以前的她憧憬善於社交又開朗的亞里亞小姐，試圖模仿姊姊的言行舉止。

她們姊妹在能力上沒有差別，但夜華和亞里亞小姐的氣質大不相同。

夜華因那個落差感到壓力，向最喜歡的姊姊徵求意見。

然而，當時的亞里亞小姐未能完全回應妹妹的憧憬和期待。

這並非具體上有哪一方有錯。

每個人都夾在大人和孩子的夾縫間受折磨。

「但是小夜停止模仿我，相對的還放棄了與他人的溝通。我還是覺得我有責任。」

夜華藉由拒絕與他人溝通獲得精神上的穩定。

這個轉變看似極端，但不違背自己的氣質反倒是正確選擇。

有時候乾脆放棄，會比繼續忍耐下去更輕鬆。

儘管如此，唯獨最喜歡姊姊這一點堅定不移，真有夜華的風格。

我在永聖第一次遇見夜華時，她正處在這種狀況中。

這對姊妹的羈絆強烈到讓我嫉妒。

「這不是亞里亞小姐需要覺得有責任的事情。最終同意的人不正是令尊令堂嗎？他們對當時的夜華是怎麼認知的呢？」

她們的雙親是如何看待這樣的女兒們呢？

只要在旅行或回家探親時見面，他們也會發現女兒的變化吧。

「從我們在日本一起生活時開始，爸媽就保護過度。我一直跟他們商量關於小夜的事情，他們也很關心。但是小夜在講電話時都表現得沒事，與雙親見面時又會很高興而精神奕奕。」

「也許她是因為不想讓他們擔心才這樣表現，但這不會讓妳的雙親更加焦慮嗎？」

我現在正是這樣。

夜華對我說「你要相信我，等著我」，決定不給我添麻煩。

她堅強又惹人憐愛。

「當然會啊。爸爸和媽媽都最喜歡我們了。他們好幾次都說過，他們對於單獨前往美國心痛不已，我們也明白這一點。只是，有些事正因為愛意存在，才會難以處理。」

亞里亞小姐冷靜的分析現狀。

有時候正因為是喜愛的人，才會無法坦率吧。

「太過強烈的愛意真棘手。」

我焦急又難受。

「小夜會跟爸爸起爭執，也是因為受到當時的事情影響。他好像難以完全相信孩子所說的話。」

對他們的雙親來說，將亞里亞小姐和夜華留在日本也是一個艱難的決定吧。

縱然如此——

「大人或許會做出聰明的選擇，但他未必是正確的選擇！」

我表明自己的立場。

「我想相信，我也持相同的意見呢。」

亞里亞小姐的表情終於放鬆下來。

映正好在這時候端著飲料回來。

◇◇◇

我們也到飲料吧端來新的飲料，重新開動。

映熱衷地吃著加點的甜點大份聖代。

「亞里亞小姐，可以再具體一點告訴我關於令尊令堂的事情嗎？」

為了夜華，我想更多面性的掌握有坂家的資訊。

「具體一點啊，他們是熱愛工作，工作能力很強的夫妻，現在彼此是商務夥伴。」

「請說一點，那個，更能了解為人的小故事。」

「他們是同年進入外資顧問公司工作的同事。媽媽超級優秀，不過是單打獨鬥的類型，另一方面爸爸則擅長客觀地進行分析，驅使別人行動。他們好像將彼此視為勁敵，為了勝過對方拚命投入工作。」

「他們是怎麼由此發展到結婚的呢？」

根據聽到的內容，兩人感覺不怎麼契合。

「契機是爸爸決定前往美國赴任。在分離後，兩人終於發現他們把對方視為勁敵，實際上是特別意識到對方。他們展開遠距離戀愛，在爸爸回國時結婚。當我出生後，媽媽像變了一個人一樣，比起工作更熱衷於育兒。她說過，孩子的誕生改變了她的人生觀。」

「有了新的家人，很令人高興呢。」

映出生後第一次回家的那一天，我也記得很清楚。

我既歡喜又難為情，又是滿心憐愛。

我對於有了妹妹，成為哥哥這件事感到奇妙的自豪。

「等到小夜長大時，爸爸憑藉累積的成果與在美國時代建立的人脈獨立出來。公司愈來愈忙碌，媽媽也正式地回到工作上。」

「在那個階段，對於亞里亞小姐和夜華來說沒有問題嗎？」

「因為我們兩個本來就是不需費心照顧的小孩，家裡也僱用了家事阿姨。而且我們發現，媽媽其實想做更多工作。」

「夜華也說過同樣的話呢。」

年幼就很聰明的姊妹，察覺了母親想做的事。

「於是工作更進一步上了軌道，由於待在美國會比在日本更方便工作，就形成了有坂家如今的生活型態。」

「感覺是能登上報紙和經濟雜誌的耀眼經歷啊。」

……………嗯，我知道的。

這種事情我從一開始就知道了吧。

我的情人是非常富裕家庭的孩子。

只要看看夜華居住的高樓層公寓就一目了然。

可是，一聽到具體的情況，老實說我嚇到了。

「這次換成阿希表情消沉了。你還好嗎？」

「聽到剛才那番話，自然會這樣吧。」

「我就是知道你會有這種反應，才不想講。」

「我和夜華都被迫站在人生的岔路口上。不管怎樣都會在意啊。」

「我說阿希——你逞強過頭不會難受嗎？」

亞里亞小姐看透了我。

「人家也這麼覺得！」

映代替我早一步反應。

別抓準時機發動追擊啊，我恨恨地看著身旁的妹妹。

我嘆了一口氣，轉向亞里亞小姐。

「……妳答應過我，不會暴露別人隱藏的心聲吧。」

我自己也明白。

追求理想絕非輕鬆的生活方式。

「剛才那麼說只是關心而已。因為阿希你並沒有隱藏啊。你抱著可能會與情人遠距離戀愛的不安、對於未來前途不明確的焦慮，還有聽到我家雙親的故事後嚇得厲害。」

跟這個人交談，我沒辦法再倔強下去。

一切都快被她得知，自己脆弱的部分快暴露出來，感覺好可怕。

而且，這是心境的問題。

即使有人代為解決了外部因素，如果當事人的想法與感受方式沒有改變，那就沒有意義。

現在的我，被我與有坂家之間的差距所壓倒。

像這樣的我想幫上夜華的忙，是不是很自大？

我又擅自畏縮起來，膽怯蠢蠢欲動。

「請別把青春期的心剝開啊。我會很想死。」

當她面對面地指出來，我無法找藉口推託。

「意思就是我說中了吧。」

「對啦，不好嗎！」

「知道自己的觀察力沒有失準，我放心了。」

跟她的語氣相反，亞里亞小姐的表情並不怎麼愉快。

按照至今的情況，她具有解讀對方的心聲，在不知不覺中加以控制對方的巧妙能力。

不過，那種被亞里亞小姐玩弄於股掌之間的感覺沒有以前來得強烈。是她手下留情？還是單純狀況不好呢？

亞里亞小姐喝了一口咖啡，對青澀的毛頭小子給出建議。

「對我家雙親太過緊張防備沒有意義可言。以類型來說，你跟我爸爸反倒很相似。」

亞里亞小姐突然說出無厘頭的意見。

「我們到底哪裡有相似的要素了？」

以諷刺來說，玩笑開得太刺耳。

以安慰來說，偏離重點。

不管是哪一種，我聽了都不會安心。

「……阿希。」

亞里亞小姐像告誡般繼續說道。

「爸爸的經歷是他走過的時間的結果。如果只比較實際成果，十幾歲的男孩不可能是對手吧。然而，為什麼你試圖拿現狀跟他競爭？」

「唔！」

聽她一說，我察覺自己的偏執。

「爸爸在工作中所做的事，跟阿希你至今為周遭的人所做的事基本上並無不同。首先聽對方說話。體察對方的心情，代替對方用語言描述出來。打開封閉的心靈。調整條件、整理複雜的狀況，若人手不足則出力相助。用擁有的知識來建立程序。自身也作為團隊的一員，代為處理別人不做的事情，整合整體。」

「班長和顧問可是有天壤之別喔。」

「……在你像這樣被想法所困的時候，的確是很難吧。」

亞里亞小姐自言自語般地說著。

我總覺得她的話中流露出一絲失望與煩躁。

「希墨，你的表情好可怕。」

原本在觀察情況的映也停止吃聖代，露出擔憂的表情。

「亞里亞姊姊，別太欺負希墨！」

「映。我沒受到欺負喔。」我把手放在妹妹頭上。

「對啊，小映。妳知道我很喜歡阿希對吧？」

亞里亞小姐用意味深長的目光看向映。

在她這麼說以後，映乾脆地放下敵意。

「可是，老實說，我找不到由此開始扭轉局勢的方法。」

乾脆不聽她們雙親的事情，魯莽地隨衝動行動或許會更輕鬆。

「凡事都會有傾向與對策。或者說是保險方案。」

亞里亞小姐臉上浮現老樣子的大膽笑容。

「怎麼可能，又不是大考。」

這並沒有考試的及格分數。

「即使無法使他們同意小夜與身為高中生的你結婚，也有至少能阻止赴美的說服材料喔。」

「真的嗎？」

「父母這種存在會想給予孩子什麼呢？你仔～細想想。」

她像以前教導我時一樣對我說。

真是非常很擅長靈活運用獎勵和懲罰的人。

她沒有在讓我們陷入沮喪後置之不理，也確實地給了我武器。

夜華的雙親想給予她的東西。

以及我現在能給出的東西。

能夠中止她赴美的說服材料究竟是什麼？

無論我再怎麼動腦苦思，都沒辦法馬上想出答案。

「提示一。利用雙親的愛反擊。」

「這次是格鬥技嗎？」

「就某種意義來說，這是你跟女友父親的認真對決吧。」

亞里亞小姐好像來了興致，漸漸恢復原本的狀態。

但是，我還沒找到答案。

「那麼提示二。昨天我聽紫鶴說過，她跟你談過那件事了。所以，你已經知道答案了。」

「聽神崎老師說過？」

我回想在茶室裡與神崎老師的對話。

經過一段沉默後，我終於想到了答案。

不久後，亞里亞小姐察覺我的表情變化，滿意地點點頭。

「好了，被平凡所困到此為止。」

◇◇◇

將亞里亞小姐送到車站後，我和映去超市購物，然後回家。

我在房間裡休息一會，洗完了澡。

晚餐時，我們一家四口聚集在客廳，邊吃跨年蕎麥麵邊看年終特別節目。

我們把電視頻道切到紅白歌唱大賽，映喜歡的偶像Beyond the Idol剛好登場了。

一家人像這樣悠哉地共度時光，映不知不覺間在沙發上睡著了。我心想不能讓她感冒，把她揹到二樓。在相隔許久後揹起她，讓我切實地感受到以前那麼幼小的妹妹的成長。揹一個十歲的女孩實在很吃力。我把她放到床鋪上，回到一樓幫忙收拾餐桌。
回過神時，已是凌晨零時。
來到新年一月一日。
我跟雙親互道新年問候，自己也終於回到房間。
在瀨名會的LINE群組上，不斷此起彼落地冒出訊息及貼圖。
我也回應了新年快樂。
大家討論到要一起去新年參拜。我們確認所有人的行程，決定在最多人能參加的一月二日前往。地點是大家在夏日祭典時一起去玩過的鄰近神社。
可惜的是，只有夜華還在旅行目的地，這次將會缺席。
在LINE的訊息平息下來後，夜華打電話過來。
『我也想跟大家一起去新年參拜～』
她開口第一句話，就用不滿的聲調說。
「夜華會想跟大家一起行動，對我來說就是壓歲錢嘍。」
在邂逅時那渾身帶刺的夜華，漸漸消失在記憶的彼端。
『什麼呀。啊，抱歉突然打過來。你現在方便講電話嗎？』
「當然可以。夜華，新年快樂。今年也多多指教。」
『新年快樂。彼此彼此，今年也請多多關照。』

「這是我們成為情侶後第一次的跨年呢。」

『嗯。去年我們沒有交換聯絡方式嘛。』

夜華自電話那一頭傳來的聲音很開朗。

看樣子她在旅行地點也跟家人處得不錯吧？

看來不是會突然聽到她抱怨的狀況，我暫時安心了。

「對了，我白天遇見了亞里亞小姐喔。」

『嗯。姊姊告訴我了。她說小映也在呢。』

「午餐是她請客的，幫我再次向她道謝。」

『了解。能在相隔許久後跟你說話，姊姊看來也很愉快喔。』

「嗯。還有她剪了頭髮，也讓我吃了一驚。」

『我也嚇了一跳。我第一次看到姊姊剪短髮，不過很適合她。我還拍了一大堆照片。』

「真興奮～又不是見到藝人明星。」

『對我來說就類似那樣嘛。』

「……夜華，妳曾因為以前的事情怨恨過亞里亞小姐嗎？」

『沒有。連一次也沒有。』

不論從前發生過什麼事，夜華對於姊姊的信賴與尊敬都堅定不移。

「可以的話，妳直接告訴亞里亞小姐這件事吧。」

我不經意地傳達，當作對於白天之事的一點回禮。
但願這會稍微減輕亞里亞小姐的後悔。
『——我知道了。我會告訴她。』
夜華似乎也由此察覺了什麼。
「對了，妳跟妳爸爸談過了嗎？」
『…………』
「妳這時候不講話，我會非常不安耶。」
『我知道。在這趟旅行中，我會設法談談。』
「這種叛逆期女兒的態度也太經典了吧。」
『因為實際上是這樣。唉～如果姊姊也幫忙說服就好了。』
「這代表妳到了脫離姊姊的時期吧。加油。」
『嗯。如果有進展，我會報告的。』
因為氣氛不知不覺間變得嚴肅起來，我拋出輕鬆的問題。
「旅行怎麼樣？玩得開心嗎？」
『嗯。旅館很漂亮，溫泉很舒服，餐點也很好吃，我很滿意。』
「在溫泉旅館跨年真不錯。」
『真想有一天兩個人一起去溫泉旅行呢。』

跟穿著浴衣的夜華一起親密地泡溫泉，我當然想去了。
夜華不經意的一句話，同時打開了我腦海中的粉紅色開關。
我拚命地抹消如蒸氣般浮現腦海的性感畫面。
新年才剛開始，我在想些什麼啊！
「嗯。聽起來很好玩。」
我封印歪腦筋，努力地扮演紳士。
『跟情人一起過夜旅行，讓人心跳加速呢。』
彷彿在嘲笑我的忍耐力，夜華說出暗示性的回應。
在耳邊響起的情人聲音刺激我的妄想。
這個真實版ＡＳＭＲ，對大腦的直接刺激太強烈了！
「…………」
『希墨？你怎麼突然不說話了？』
「夜華，妳是故意的嗎？」
『什麼？』
「如果聽到引人想入非非的話，我也會忍耐不下去喔。」
在我心中的紳士離開，野獸吐露真心話。
『——如果我說沒錯，你會怎麼做？』

這是什麼，是吊胃口玩法嗎？她什麼時候學會這種調情的把戲了！

「至少在溫泉旅行中會睡眠不足喔。」

『到底要做什麼呢？』

「那當然是肌膚相親了。」

『比如說按摩嗎？』

「內容是十八禁喔。」

『希墨真好色。』

「除夕的鐘聲不足以消除我的慾望。」

『要怎麼做才能消除呢？』

我吞嚥口水，話卻卡在喉頭沒說出來。

這段因為在電話裡才能交談的閒聊，把人吊著好不盡興。

別退縮，瀨名希墨。在這裡停滯不前怎麼行。

說啊，說出來。白天我不是才慷慨激昂地說過『不說就無法開始』嗎？

「我想跟妳——」

『跟我怎麼樣？』

我想登上大人的階梯。

把和妳的關係發展得更遠、更深入、更長久。

月光突然從忘記拉上窗簾的窗戶照射進來。
白天時天空覆蓋著厚厚的雲層，但應該是正好散開了吧。
我從窗戶仰望外面，月亮散發皎潔的光芒。
「想跟妳一起賞月。現在月色非常美。妳那邊也看得到嗎？」
電話另一頭傳來夜華移動的氣息。
『嗯。這邊也看得到喔。真的很美。』
「嗯。月色真美。」
『那句台詞真令人懷念。那是交換聯絡方式後，你第一次傳給我的訊息吧。』
夜華一邊回憶一邊笑著。
「妳記得真清楚。」
『和你之間的回憶，我全都不想遺忘。』
「我也是。」
『從今以後，我們也製造更多回憶吧。』
「我向這美麗的月色宣誓。」
聽到我誇張但認真的話語，心愛的情人再度愉快地笑了。

第七話　顧慮結束了

一月二日，大家為了瀨名會的新年參拜，上午在附近的神社集合。

參加成員有我、映、朝姬同學、小宮、七村、紗夕。之前沒辦法出席聖誕派對的花菱清虎和叶未明這次也參加了。

正在旅行中的夜華缺席。

夜華：大家為我好好享受新年參拜吧！

夜華對於不能參加覺得很可惜，特地在集合時間傳來訊息。

我打從心裡覺得，如果這種時候有任意門可用就好了。

這樣就算我們變成在日本與美國的遠距離戀愛，也能輕易地見到面。

「希墨，我們去喝甜酒吧！」

帶頭走在前面的映迫不及待地催促大家。

在夏日祭典後相隔半年造訪的神社建地內，這次也擺滿露天攤販，在前往正殿的路上，可口的香味刺激著食慾。

「等到參拜後再去。妳不要興奮過頭又走丟了。」

「我不會，沒問題！」

小學生朝氣蓬勃地回答，只有回應是一百分。

「阿瀨的妹妹超有活力，真可愛！我也想要這樣的妹妹。」

叶未明第一眼看到就很喜歡活潑的映。

她是輕音樂社的領導人物，也是R-inks樂團的團長，在文化祭的現場表演結束後，她和映碰巧錯過沒遇到，幾乎算是初次見面。

叶華麗的外表乍看之下像個辣妹。她的頭髮染成金色，膚色給予人異國情調的印象，是五官豔麗、身材高挑火辣的女生。她穿著兜帽綴著毛邊的厚實連帽羽絨衣、大領口針織連身裙配網襪和靴子。大家都穿著禦寒用服裝，只有她一個人是裸露部分較多的性感穿搭。

「小瀨名，別擔心。就算她走丟了，我也一定會找到她。」

永聖高中的學生會長花菱清虎優雅地這麼回答。

他正如綽號清虎王子一般，是個長相俊美的清爽帥哥，臉上浮現面面俱到的笑容。

他在R-inks擔任鼓手，傳聞他平常柔和的舉止與文化祭上激烈演奏之間的落差，使他的女性粉絲人數又增加了。不管對任何女性都展現紳士風度的受歡迎人物，親近地把手放在我的肩膀上，要我放心。

正如那句話一般，映在夏日祭典上走丟時，找到她的人就是花菱。

在排隊等候參拜時，我想到了之後的事。

「終於快到高三了嗎。接下來要準備大學考試，不容易像這樣輕鬆地聚在一起吧。」

在一股奇妙的寂寞感驅使之下，我不禁說出口。

升上二年級後如驚濤駭浪般的日子改變了我的一切。

我們當高中生的時間還剩下一年多一點。

第三學期一眨眼就會過去，高三生的大多數時間會用來讀書備考，在考完後立刻面臨畢業。時間過得真快。

「喂喂，幹事這麼消沉怎麼行。你可是我們的生命線，要積極地邀約我們！你反倒要輕鬆、粗心大意、輕浮地找我們出來！如果少了你，聚會可沒法開始喔！」

把幹事工作硬塞給我的七村對我訓話。

「希墨同學和夜華以後或許也會在一起，但我們未必如此。如果幹事不定期發出邀約，我們可能會自然而然地疏遠。因為聚集在這裡的成員們大家的方向本來就各不相同。」

朝姬同學也進一步提出忠告。

「朝姬說得沒錯。我們類型各不相同。能像這樣在同一個團體裡融洽相處，也是多虧了墨墨的品德。」

小宮感慨地說。

的確，我們感情變好的契機是大家在同一個班級裡。

學生時代的人際關係，只是偶然在特定時期聚集在同一個環境而已。

當那段時期結束後，還會繼續保持關係的朋友絕不算多。
無論有多親近，在畢業後就結束的來往隨處可見。
舉例來說，在小學時代的朋友中，有幾個人到現在還有來往呢？
「對呀。我是學妹，所以更會有所顧慮。如果希學長不做好聯絡，我會很傷腦筋！」
紗夕看似做事隨心所欲，其實性格意外地敏感。
「有阿瀨提出邀約，我也能休息一下，我還滿感激的。因為只要一度埋首於作業中，我就會一直關在家裡。」
有跟朋友之間的聚會安排，叶身為音樂家在職業上的煩惱也能夠有時間喘口氣吧。過度投入工作對身體不好。
「一切的契機果然是小瀨名。因為小瀨名提出邀約，大家會聚集起來。當然，我也會欣然參加。」
花菱做了總結。
「喂，我不記得曾允許你加入瀨名會喔。」
「七村。至少只有身為幹事的小瀨名才有那個權限。是你任命他的。」
野性型帥哥七村龍與王子型帥哥花菱清虎互相瞪著對方。
即使來到新年度，龍虎的關係還是一樣勢不兩立。
「阿瀨，我也希望加入。」

叶也持相同的意見。

「人家也加入了對吧！我們聖誕節和新年都一起度過了。」就連我妹妹也要求加入當新成員。

對於我略帶傷感的發言，大家看待得意外地認真。

瀨名會似乎比我本身所感覺到的更有存在意義。

「幹事的責任重大啊。」

不過，像這樣受到大家需要的感覺意外地還不壞。

「——在文化祭時，所有人都切實感受到沒有墨墨會很困擾。」

小宮代表大家回答。

「困擾？」

看樣子在我昏倒被送往醫院後，大家也碰到許多狀況，非常辛苦。

「在你被送到醫院後，大家一起開過會。但墨墨不在，討論根本沒辦法順利進行，團體分崩離析。」

小宮露出苦笑。

由於就連在文化祭結束後也沒人提起過這件事，我還是第一次聽說。

「要不是日向花發揮領導力，我們沒辦法迎來那次正式表演。」

叶帶著感謝之情從背後擁抱小宮。

「嗯。如果沒有宮內同學，我們無法登上舞台。」
花菱也認同。
我還以為是朝姬同學整合了大家。
宮內日向花不論任何時候都會不加否定地參與進來，但並不是會帶頭指揮的類型。
「可是在我抵達舞台時，感覺沒有那麼分崩離析啊……」
於是大家像決堤一般，紛紛對我在正式表演當天的狀況做出證詞。
「希墨的臉色差得像殭屍一樣。所以我才會制止你。」
「你虛弱無力，沒有餘力觀察周遭吧。」
「希學長，你當時都快站不住了吧？」
「墨墨，你感覺光是揹著電吉他就非常吃力了喔。」
「希墨同學，你一副隨時會死掉的樣子。真虧你能演奏到安可結束。」
看來在文化祭的舞台幕後，我和大家都驚險地走過了鋼索。
「害大家擔心了。」
「唉。這反倒證實了瀨名受到大家倚重，你就繼續努力吧。」
七村高高在上地總結。
「那麼，如果對於瀨名會繼續存續以及新成員的正式加入沒有異議，請鼓掌！」
當朝姬同學帶頭喊道，所有人也都同意了。

哇呀～映高興地喊。

「阿瀨，謝謝你。以後也靠你了！」

「那麼，下次我來當小瀨名的左右手好了。」

「喔，一下子就想當上第二號人物，真厚臉皮啊，花菱。」

「我們瀨名會永垂不朽☆」紗夕興致勃勃地說。

「嘿！Mr.瀨名！」小宮也立刻喝采助興。

「根本是直接套用嘛！」

別用像Mr.巨人軍（註：日本職棒讀賣巨人隊知名選手長嶋茂雄的綽號）的叫法叫我。我可不會回應「讚喔～」。

「既然決定了，你以後也努力當幹事吧。即使大家很忙碌，也要像這樣長久地聚在一塊喔。」

於是，我發表了自瀨名會組成後第二次的立場聲明。

◇◇◇

排隊隊伍在我們聊著這些時順利地前進，來到香油錢箱之前。

等所有人都敬禮兩次拍手兩次再敬一次禮完成參拜後，我們順勢去抽籤。

好了，今年第一次試試運氣。
打開籤條一看，除了我以外所有人都抽到大吉。
「為什麼～！」
在一片大吉大放送中，只有我的籤像遭到狙擊般抽中大凶。
〔前所未有的考驗來臨，同心協力跨越難關。〕
喂喂，稍微手下留情一點吧。這未免太有針對性了吧？
雖然去年也發生過許多事，我能想到太多的可能了，真難受。
難道說夜華會無法拒絕赴美之事，遠走他鄉嗎？
那個可能性帶著前所未有的真實感，令我心情瀕臨消沉。
我做個深呼吸，保持平靜。
大家環繞在沮喪的我身邊，探頭看著籤紙。
「喂喂，瀨名，新年一開始就是動盪的開幕啊。」
不要對別人的不幸笑得那麼高興，七村。
「希墨，別介意！」
我妹妹鼓勵著我，同時沉浸在自己勝過哥哥的優越感中。
「大凶有這麼very hard嗎？墨墨，最好別太在意嘍。」
小宮總是很溫柔。我好想哭。

「降臨在希學長身上的無情考驗究竟是？」

紗夕，別顯得有點雀躍。

「阿瀨，運勢是由自己來拓展的喔。」

叶總是很積極。至少我不曾看過她沮喪的模樣。

「小瀨名，你得有去享受麻煩的從容心態才行喔。」

他的心態很有桃花旺的男人的風格。難怪可以同時談好幾場戀愛。

「總比明年抽到大凶來得好吧。那時候可是大考前夕。」

朝姬同學冷靜地打圓場，她說得沒錯，但沒辦法排遣我的心情。

「難道說有坂沒來也是預兆？」

「夜華只是正在家庭旅行！」

我把大凶籤紙牢牢地綁在樹枝上。壞運氣啊，速速離開吧。

由於等候參拜排隊有些疲憊，我們到露天攤販那邊買些吃的，休息一會。

我購買映想喝的甜酒，又吃掉糰子等等吸引我目光的食物，試圖轉換心情。既然都這樣了，就來情緒性亂吃吧。

女生們隨意購買了雞蛋糕等甜食，相親相愛地分享著。

七村與花菱想買同一種東西，在攤位前又吵了起來。

要適可而止，別給其他客人造成困擾喔。

從早晨開始就稱不上晴朗的天空覆蓋著比我們到達神社時更厚的雲層，寒意變得更加沁骨。按這個狀況來看，很可能會下雪。

「哇～超冷的。真想找間店進去喝點熱飲。」

叶摩擦著從網襪裸露出的光腿告訴我。

「妳穿得太少了。在挑選衣服前，妳沒有先查看氣象報告嗎？」

「我不看那種東西，只是穿我想穿的衣服而已。」

叶理所當然地回答。

這般天衣無縫，很有她的特色。

我有點羨慕她能不受到平凡束縛，展現一舉一動。

實際上，叶的音樂品味和技術早已達到商業水準。她在社群網站上本來知名度就很高，而在影像網站上公開文化祭的現場表演影片後，工作邀約就紛紛湧來。

「有才華真是厲害。」

「阿瀨，不是這樣喔。我只是極端偏才而已。我喜歡而且非常擅長音樂，但音樂是我唯一的長處。我認為像文化祭時的阿瀨一樣，能夠承擔任何事情並且確實做好更厲害喔。」

「我明明因為這個緣故，人生第一次被送上救護車耶？」

「我對於才華什麼的不太懂，但我認為能夠基於自己的意志努力到倒下的人，絕對具有特別的資質。」

不管由誰看來都足以稱之為天才的叶未明脫口而出的一句話，讓自認是凡人的我茅塞頓開。

缺乏才華的人，只能靠努力來彌補。

我以前一直這麼認為。

「妳的意思是說能夠努力也是一種才華嗎？」

「咦，不是的。」

我自認解釋了叶的話，她本人卻乾脆地否認。

「嗯？我需要說明。」

「在做喜歡的事情時，不會覺得自己在努力吧。那只是因為很有趣才想去做，感覺就像在不知不覺做到了驚人的事情。」

天才大人一臉不解地宣言。

「那不是像妳一樣，喜好與才華相符的人的特權嗎？普通人為了學習不擅長的事情，必須拚命付出努力。」

「所以我真的很感謝像阿瀨一樣支援我的人。我甚至連學習不擅長的事情都做不到！」

叶一臉得意地這麼回答。

我好像明白，又好像不明白。

「小瀨名。未明想說的是，她自己有很多做不到的事情，所以感謝週遭給予的幫助。她在由衷地稱讚小瀨名像這樣幫助各種人面對弱點、缺點與解決困難喔。」

「沒錯，就是這樣！學生會長真聰明！」

叶指出花菱的翻譯是正確答案。

「我也持相同的意見。一般來說，人們並不喜歡受託去做辦不到的事情。然而，小瀨名只要答應接手，就會好好地努力去做不是嗎？我們並不是把你當成方便好用的幹事來依靠。那種對於責任感的信賴，就是宮內同學評價到小瀨名時提到的品德啊。」

對人講這種漂亮話，真符合肉麻的花菱的風格。

「所以會幫助別人又可靠的阿瀨真的超棒，值得尊敬！」

叶用自己的說法重新傳達一次。

因為她有像這樣重規矩的一面，我才會連續兩年都答應擔任樂團經理吧。

「希墨同學有專屬於你的魅力，所以夜華才會從一開始就對你敞開心房。」

朝姬同學最後這麼總結。

「或許的確是這樣。墨墨有著讓人容易開口依靠的一面。」

「希學長從以前開始就是這樣！」

「希墨很溫柔。」

聽到映的話，大家發出爆笑。

「我說，待會大家一起去唱KTV如何？」

那邊是室內會開著空調，也可以吃吃喝喝。來場新春歌唱大會熱鬧一番也很開心吧。

大家全體贊成了幹事的提議。

◇◇◇

大家一起從神社前往位於車站前的KTV。

來到車站的環形交叉口時，我收到來自夜華的訊息。

不是群組訊息，是發給我個人的。

看完那則風雲突變的訊息，我不禁停下腳步。

夜華：我和爸爸談過了，但他不肯接受。
可能沒辦法了。怎麼辦？

「希墨同學，怎麼了嗎？」

朝姬同學發現我落在後頭，開口詢問。

「……不好意思，你們先過去。我待會就追上去。」

我這麼交代後，立刻打電話給夜華。

她的情緒與在新年參拜集合時送來的訊息有一百八十度的轉變。
是在這段期間內發生了什麼嗎？還是她從那時候開始就在逞強呢？
無論如何，只能向她本人做確認。
我感到撥號聲變得比平常漫長許多。
快點。快點接電話。
我懷著祈禱般的心情等待。
『喂。』
夜華帶著哭腔接聽。
「我看過訊息了。妳爸爸對妳說了什麼？」
我沒做開場白。
不過，我用盡可能克制慌亂的聲調向她開口。
即使不用問，從夜華的氣息也能察覺，那不是愉快的內容。
『……我們談過去美國的事情了。我說我想照現在這樣在日本生活，但是他說會擔心我，我最好跟他們一起生活。』
可惡，大凶說個正著啊。那間神社供奉的神明威力這麼強嗎？
如果我有多捐點香油錢就好了。
我對神明嘖了一聲。

「妳說擔心？有什麼讓令尊那麼在意的事情嗎？」

『嗯。他告訴我照這樣下去我會給人添麻煩，最好離開日本。』

「——什麼？」

這種說法也太過單方面了吧！

『對不起，希墨。』

「唔，這不是妳要道歉的事吧。」

我幾乎忍不住拉高嗓門。

『因為我沒想到，我的喜歡得不到認同會那麼令人不甘心。』

「————」

那一句話，足以釋放我壓抑的怒火。

因為那是家庭內的問題，我至今都抽身退開一步。

我是有坂家的外人，對於插手有所顧慮。

不管局外人怎麼吵也沒有意義。在旁邊關注以常識來說是正確的。

正如夜華說過的那句『相信我，等著我』，我先前以為忍耐才是正確答案。

那是普通的反應。

但是，顧慮結束了。

在逼得我心愛的人說出那種話時，就不行了。

如果他們因為是家人而不肯聽她說，那必須有其他人來代替她傾訴。

如果我就此任情況擺布，我會後悔終生。

我就是如此憤怒。

高溫的怒火一瞬間把意識燃燒成一片空白，緊接著來臨的迅速冷卻，為大腦帶來異樣的寂靜。

在憤怒的同時頭腦清醒無比，兩種極端狀態並存在我身上。

這就叫冷靜與熱情之間吧。

奇妙的精神均衡消除了多餘的猶豫。

我在腦海中區別現在該做的事，並轉移到行動。

「夜華。妳現在人在旅館嗎？」

與內心的狂亂相反，我對她說話的語氣變得沉穩到連我自己都感到驚訝。

『不是。我想冷靜下來，獨自在車站前的咖啡廳裡休息。』

「妳在那邊慢慢休息兩、三個小時，直到心情平靜為止吧。要不要續杯咖啡？也可以吃塊蛋糕喔。」

『我會這麼做的。對不起，希墨。』

「別介意。對我來說，最重要的事就是夜華過得幸福。」

——為了這個目的，我會與任何事物抗爭。

『謝謝。』

電話掛斷了。

夜華沒有說「你過來吧」。

就這樣等待有坂家做出最後決定是符合常識的判斷吧。

換成至今的我，會就這樣等下去。

瀨名希墨這個男人基本上要受人請託後，才會終於展開行動。

採取以接受對方的求助或請求來行動的被動姿態。

不拒絕他人的請求的人很有用。

我也從那個位置上找到了自己的存在價值。

為了實現妹妹的願望，我挑戰了偏差值很高的鄰近學校。在入學後，我被指派為班長，為有溝通障礙的美人與同學扮演橋梁角色。我被任命為瀨名會的幹事，扮演代理男友，以初學者之身擔任電吉他手加入樂團，例子多得舉不完。

身為凡人，我的能力與容許量光是處理承接的事情就夠忙了。

我無意識地踩下剎車，告訴自己如果我主動行動，會輕易達到極限。

實際上，我在文化祭時還被送上救護車。

——就算如此，我並不畏懼，從未對出於自我意志所做的行為感到後悔。

即使她沒有向我求助，也要趕快行動。

如果事情在我猶豫的時候變得太遲了，我能想著「這是因為她沒有向我求助」而接受結果嗎？

多管閒事最棒了。

我很清楚我缺乏準備。倒不如說，一次也沒有準備周全的時候。

哪怕結果是花費時間和金錢後落空也無所謂。

反正是大凶。沒有成功的保證。

再說籤紙上還有「同心協力跨越難關」這句話。

這是我和夜華必須兩人合作一起克服的問題。

我快步追上走在前面的大家。

我叫住正要走進KTV的大家。

「對不起。邀約的人是我，還這麼做真是抱歉，但我要先走了。」

「墨墨，突然是怎麼了？你要回去了？」

小宮擔心地對我開口。

「發生了什麼事吧。你的表情變了很多。」

朝姬同學露出意會到什麼的表情。

「我正好有將會左右人生的雜事要辦。」

「——新年就收到情人請託，還真辛苦。」

「這是我樂意而為的事。」

「……這樣嗎。加油。」

「謝謝。」

當我正要從錢包裡拿出映的唱歌費，七村制止了我。

「瀨名。你妹妹的唱歌費由我來出吧。」

「不好意思。」

「別介意。幫我向有坂打招呼。」

聽到七村那句話，其他人好像也察覺狀況。

「你不去唱歌嗎？」

映直接地問。

「嗯，夜華遇到了危機。我要去幫助她。」

「希墨最喜歡夜華了呢。」

妹妹在傻眼之餘，也覺得好玩。

「紗夕。映可以交給妳嗎？我希望妳回程時送她回家。」

「那、那當然是沒問題。」

當我突然對她開口，紗夕挺直背脊。

「有可靠的學妹住在附近太好了。」

我表達感謝後，紗夕倏然臉頰泛紅。

「我和小映感情很好，所以沒關係，但總覺得希學長態度變得游刃有餘，令人火大……

我好像有點明白，有女朋友的男生會受歡迎的理由了。」

「紗夕，如果把這種事當真，會淪為方便好用的劈腿對象，最好別這樣喔。」

聽到紗夕自言自語般的感想，朝姬同學立刻警告。

「我、我知道啦！我至少能辨別清楚戰鬥的對手。」

戰鬥的對手嗎……

現在的我一定沒辦法辨別清楚戰鬥對手的實際情況吧。

然而，我坐立不安。

「阿瀨，下次有機會再去唱歌吧。」

「嗯。我也很期待聽聽叶的歌聲。」

那是當然，叶擺出V字手勢。

「小瀨名，需要我再推你一把嗎？」

觀察入微的花菱舉起一隻手。

某一天在傍晚的屋頂上，我曾告訴花菱『支持不負責任，但並非毫無意義』。

「嗯，拜託你了。」

「一路順風！」

他用力在我背上推了一把，我差點摔倒，最後回頭說道。

「跟大家成為朋友，真是太好了。」

我打從心底這麼覺得。

與在場這些人共度的日子，給予瀨名希墨向前邁進的勇氣。

我也想跟大家在往後的人生中長久來往。

他們全都是這麼好的朋友。

我順著那股衝勁穿越車站剪票口。

我用手機搜尋從有坂家住宿的旅館到最靠近的車站伊豆・修善寺的路線。

我衝上樓梯，站在吹著寒風的月台上。

夜華現在人在日本。不是美國。

從東京到修善寺，只要兩個多小時就可以見到她。

陸地相連的距離，對現在的我來說等同於零。只要搭乘電車就能見到面，是多麼幸運的事啊。

為了這種距離而遲疑太可笑了。

即便是沒有意義的自我滿足，誰管他呢？

我非常想見我的情人。想與她直接見面說話。

僅僅是這樣而已。

明明日正當午，在我眼前展開的多雲天空卻沉重又昏暗。
我一心祈禱不會下雪而影響到電車運行。
我抱著上門襲擊的心境，滿心想對夜華的雙親提出抗議。
要怎樣做才能從現狀扭轉局勢？
我滿腦子只想著這件事。
即使並不完美，也要盡力做到最好。
我再度回想起那句如咒語般多次支持過我的話語，搭上電車。

第八話　專一

「小夜，我來接妳了。」

夜華緩緩抬起頭，看到姊姊亞里亞站在眼前。

在從昭和時代開始營業的老字號咖啡廳風格古典的店內，當有坂姊妹一起出現，她們的美麗讓好奇的客人們微微躁動。

這正是夜華不喜歡獨自進入外面餐飲店的原因。

在東京鬧區，如果她們兩人不小心走進咖啡廳，常常會暴露在好奇的目光中並遭人搭訕。姊姊亞里亞同行時會代為應對，但她平常很少獨自外食。

店裡的目光一瞬間被兩人吸引，不過客人都是中老年的本地常客，立刻又恢復原本和緩的氣氛。

夜華在東京都內無法靜下來喝下午茶，但是在這家店裡，她即使獨自一人，也得以度過一段平靜的時光。

「不回旅館不行嗎？我可以直接先回家嗎？」

「妳是一個人很難拉下臉回旅館，才會找我過來吧？」

說服父母失敗的夜華衝動地奔出旅館，躲進車站前的咖啡廳。

打電話給希墨後，夜華稍微冷靜下來，心想至少要通知家人自己在哪裡，於是聯絡姊姊告訴她自己所在之處。

「對不起。妳難得在休息的。」

「悠閒地泡溫泉也漸漸泡膩了，這樣正好。嗚～好冷。在我過來的路上下雪了，看來今晚可以享用賞雪酒嘍。」

亞里亞在夜華面前坐下，迅速瀏覽桌上的菜單。

「不好意思，請給我一杯熱咖啡。小夜要加點什麼嗎？」

「我喝太多咖啡了，不用。」

「是嗎。那甜食呢？」

「吃過了，吃了一大堆。」

「是嗎。」

「……爸爸和媽媽說了什麼？」

「沒說什麼。頂多就是叫我們今天在外面吃晚餐散散心吧。他們很擔心妳喔。」

「他們沒有生氣？」

「我看是對小夜的頑固感到困惑。」

亞里亞的回答方式模稜兩可，使得夜華感到不安。

唯獨這一次，她沒有像往常一樣安慰她或給予建議。

姊姊是她的憧憬、她的目標。

只要模仿她，那麼自己也不會犯錯。

從前的夜華相信姊姊是完美的，一直努力地想要重現她。

隨後，她發現姊姊也跟自己一樣未必完美，遲來地理解到自己純真無邪的憧憬把姊姊逼得走投無路。

去年夏天，兩人第一次認真地姊妹吵架，互相傾吐真心話。

夜華學會了為無法退讓的事物而戰。

即使如此，她仍然無法說服父母，陷入僵局。

即使用自己的方式費盡唇舌也得不到回應，她已經不知該如何是好。

這樣的她不由得打電話給希墨。

在遊樂園明明慷慨激昂地宣言『相信我，等著我』，事情卻弄成這副模樣。

如果和瀨名希墨相隔著無法輕易見面的距離，會怎麼樣呢？

那等於是地獄。

原本應該一直貫徹孤獨的自己徹底改變了。

——光是想像沒有他的世界就感到恐懼。

就連在文化祭前的準備期間，和他別說約會，連說話的時間也減少了，她就很痛苦。

回想起在叶未明家，累積的寂寞爆發的那一夜，夜華感到臉頰發燙。

她重新自覺到，自己是如此地需要他。

她一方面害羞地覺得自己下流，另一方面也想跟他更加深入地互相接觸。

那苦惱的糾葛日漸增強。

自從聖誕派對以來，她一次也沒見過希墨。

只不過是短短不到一星期，自己居然變得如此軟弱，她愕然不已。

如果時間拉長為幾個月，她一定無法忍受。

如果習慣了他的不在，自己會變成怎樣呢？

她不知不覺地注視著手邊的戒指。

光是戴著這枚戒指，就能感覺到希墨，令她安心。

「欸，姊姊。妳在除夕遇見希墨時，他過得好嗎？」

「他一直擔心著妳喔。」

「……我好想見希墨！」

夜華的聲音帶著哭腔。她咬緊牙關，即使表情扭曲也極力忍著不哭。一旦哭泣，她很可能會被不甘心與挫敗感吞沒。

「找他過來不就行了？阿希會來的吧。」

「可是，我不想給他添麻煩。」

「那麼現在就用我將就一下吧。」亞里亞溫柔地摸摸妹妹低垂的頭。

「謝謝妳，姊姊。」

「——我也會陪妳到最後。」

剛好點的咖啡送上桌，對話暫時中斷。

◇◇◇

瀨名會的新春唱歌大會從午後展開，結束時已是傍晚五點。

走出ＫＴＶ，車站前全被白雪覆蓋。大片的雪花現在也正持續飄落，在腳邊堆積了幾公分高。

「哇～是雪耶！」

映看到雪雀躍不已。

「電車有行駛吧。」朝姬的目光投向車站方向。

「看起來和平常的車站前不一樣呢。」日向花拿手機拍著影片。

「看起來雪還會再堆積不少。」紗夕沙沙地踩響腳邊的雪。

「真漂亮。我好久沒看到雪了。」未明仰望天空。

「雪沒來由地讓人情緒興奮對吧？」龍躍躍欲試。

「大家小心別踩到積雪的路面滑倒嘍。」清虎提醒道。

「欸欸，我們接下來去公園玩雪好不好？幫忙我堆雪人！」

映這麼提議。

「真不錯，妹妹！好提議！不愧是瀨名的妹妹！」

龍立刻贊同。

「對於淑女的要求，我會欣然陪同。」

清虎也毫不猶豫地同意。

「感覺很有趣，我也去吧。」

「既然日向花要去，那我也去！」

「末末，妳要小心別弄傷手喔！」

日向花慌忙阻止正準備蹦蹦跳跳的末明。

「要去的話，我家附近的公園空間寬敞，就到那邊玩如何？我家有暖暖包和園藝手套可以借給大家。鐽子也需要嗎？」

「我對紗夕的意見沒有異議，那我們走吧……即使希墨同學不在，也有妹妹補上空位，真不愧是兄妹。」

在朝姬號召下，一行人從車站前再度返回住宅區。

「欸，朝姬，妳為什麼知道墨墨的目的地是夜夜那邊呢？」

日向花在移動途中偷偷地開口問她。

「……開完聖誕派對後，夜華來我家過夜。當時她向我透露，目前發生了一點問題。」

「問題？」

「夜華可能會搬去美國。」

朝姬悄悄地告訴她。

「不會吧？」

日向花發出哀鳴般的驚呼。

「我想希墨同學一定是為了那件事而趕去吧。」

「墨墨，你要設法阻止啊！拜託了！」

日向花祈禱般地仰望下雪的天空。

「……日向花不認為這是個機會嗎？」

「朝姬妳才是。」

「即使他們分隔兩地，我也不認為事到如今還會出現心靈上的缺口。」

「我有同感。那兩個人早已超越那種層級。」

「我們真是單戀上了難纏的人呢。」

「這種專情是他的魅力所在嘛。」

朝姬和日向花一起回顧已經結束的戀情——同時不禁期待意想不到的狀況會發生。

那是剛剛失戀的女人小小的黑暗願望。

原本相信很專情的特別男人，轉而投向另一個女人。她想看見他們墮落到這種稀鬆平常的現實結局，以此暗中消除自己的鬱悶。如果能感到幻滅，認為是自己沒有看人的眼光，沒跟他交往是對的——或許失戀的痛苦也會立刻消失。

同時，她也抱著憧憬。

不管要付出什麼犧牲，就算會陷入泥淖，只要能跟喜歡的人在一起，不是都無所謂嗎？女人的自我這麼呢喃。

即使冷靜看來是愚蠢的選擇，只要自己幸福就夠了。

無視他人的情況或情緒，沉醉在自己的戀情就好。

能遇見這種令人喪失理智的熱情戀愛的人生，一定也不壞吧。

「……我太過冷靜，無法沉溺於戀愛之中。」

朝姬回顧自己，自嘲地說。

她回想起遭到瀨名希墨拒絕的那一天，胸中深處隱隱刺痛。

她知道並非戀愛體質的自己，並不適合奮不顧身的戀愛。

「朝姬。我想支持墨墨和夜夜的戀情直到最後。」

日向花牽起朝姬的手。

「我懂。比起嫉妒，我也不可思議地對他們兩人抱著期待。我想我是因為這樣，才會留在瀨名會這個貴賓席上吧。」

到頭來，在夜華到她家過夜傳達過的話，就是支倉朝姬的所有真實想法。

「有道理。明明被拒絕卻留在身邊，是好奇他們的未來對吧。」

「日向花所說的未來是到哪裡為止？」

「嗯～總之我打算至少參加他們的婚禮。」

由於日向花把這當成確定之事談論，朝姬刻意擺出相反的態度。

「區區高中生的戀愛，真的能走到結婚嗎？」

「妳這麼擔心他們嗎？」

日向花立刻發現朝姬的諷刺，其實反面表露了真實想法。

被她乾脆地看透，朝姬也只有露出苦笑。

「不僅限於他們倆，我在想缺乏人生經驗的年輕人當下懷抱的感情會留存多久。畢竟我們以後會獲得許多新的刺激和經驗，感覺和思考方式會不斷地改變。」

「愛情也是嗎？」

「嗯。我擔心十幾歲時的戀情，能不能維持到二十幾歲結婚變得實際可行的時候。如果在大學或出社會後有新的邂逅，移情別戀也不足為奇吧。到頭來，我們又能相信多少愛情的強度與龐大到什麼程度呢……」

說實話，朝姬本身也恐懼那種變化。

她在人生中第一次產生認真的戀愛之情，一直受到那龐大的情感左右。

然而，一想到總有一天會遺忘這種強烈的感情，人類的情感是多麼脆弱又虛幻啊。她感到悲傷起來。

「只因為升到高年級，換了班級就乾脆分手的情侶很常見啊。容易厭倦，喜歡新的事物，不就是年輕嗎？」

「日向花真達觀。」

「因為我比妳更早面對了自己的失戀。」

日向花比朝姬更早向希墨告白，被他拒絕。

「妳已經振作起來了嗎？」

「很難講。我無法想像下一場戀情，期待總有一天會遇到對自己而言命中註定的對象，不是更輕鬆嗎？」

「話說，希墨同學和夜華才算是例外。」

朝姬抱怨般地拋出話頭。

「墨墨經常謙虛地說『我很平凡』，根本偏離得很遠呢，他反倒超級特別的。」

日向花也有同樣的看法。

區區的平凡男子，不可能跟那個有坂夜華交往。

更何況是讓對他有好感的女生們組成的團體成立，本身就相當於奇蹟。

「嗯。其實特別的人是希墨同學。」

朝姬和日向花都不是熱衷於戀愛本身的少女。

在她們的認知中，命中註定的對象只是創作中的存在。

即使如此，她們還是想討論，是想在瀨名希墨與有坂夜華的兩情相悅上看到夢想。

「大多數人都誤會了吧。不是墨墨被夜夜選中，而是墨墨選擇的女孩是夜夜，這才是真相。」

大家都只從表面上來看人。

只從文化祭舞台上認識兩人的學生，誤以為他們是一對落差情侶檔，是美女有坂夜華看上了不起眼的瀨名希墨。

「因為作為戀愛對象的夜華雖然是美人，但超級難搞的不是嗎？什麼非愛情喜劇三原則，善妒也該有個限度。通常來說交往起來會感到疲累，立刻叫苦喔。」

然而，實際上卻相反。

是有坂夜華愛上了與任何人都能相處融洽，有這種隱藏魅力的男生。

「即使如此，墨墨眼中只有夜夜一個人。」

朝姬和日向花的戀情破滅了。

她們沒有被選中的理由，並不是無法勝過有坂夜華的魅力。

正因為兩人對於彼此來說都是特別的，瀨名希墨沒有被其他女生吸引，一直保持專情。

「我一直認為戀愛是契合度與時機，但我還是想相信，這世界上可能的確存在這種理論並不通用的特別戀愛。」

「在求婚之後冒出要去美國的事情，麻煩真的無法預測呢。」

日向花回頭想想那個問題，感到不安起來。

「到頭來，他們只是碰巧在高中時代就遇見命中註定的對象，所以情況才會變得複雜。」

朝姬很想咒罵神明的笨拙安排。

如果至少在大學生年紀相遇，瀨名希墨和有坂夜華就不需要像這樣吃不必要的苦頭。

倒不如說，儘管時機不佳也能在一起，可以感受到他們的兩情相悅有多強烈。

「不要緊。我們一路以來都看到了墨墨在最後關頭的強大。」

日向花決定支持從前喜歡過的人直到最後。

「加油，夜華。因為妳是希墨同學的情人。」

朝姬向從前的情敵送上發自內心的聲援。

身為局外人的她們只能見證結局。

一切都會逐漸轉變。

時代、環境、人的感情與關係都是如此。

在這種情況下，能夠常保不變的事物非同小可。

高中生的戀愛能夠克服不如意的現實嗎？

但願他們的兩情相悅直到最後那一瞬間為止，都是幸福的美夢。

◇◇◇

儘管因下雪誤點，電車還是抵達了我的目的地溫泉勝地修善寺站。

我走出車站，暴露在摻著雪花的白風中。

氣溫比起在東京的時候大約冷了兩截。

我冷得整個人快從身體深處結凍，注意著不踩到雪滑倒，走向夜華所在的咖啡廳。腳邊有著積雪，一不小心運動鞋的鞋底很可能會打滑，所以我走得小心翼翼。

正好在我抵達店門口時，門打開了。

「嗚嗚～好冷。小夜，走到餐廳好累人，我們招計程車吧。」

「嗯……」

冷得打顫的有坂姊妹沒有發現我，朝我這邊走來。

「夜華。」

當我從正面呼喚，她們停下腳步。

「……──希墨？」

我的情人像看到幻影一般，露出難以置信的表情僵住不動。

「喔。」

「為什麼？為什麼希墨會在這裡？」

夜華慌張地奔向我。

「啊，笨蛋，地上有雪，不要跑！」

不出所料，她腳底打滑差點摔倒，我千鈞一髮地接住了她。

「冷靜點。新年剛開始就受傷會很麻煩吧。」

如果我才剛抵達就害得情人受傷，那真慘不忍睹。我會對於自己的行動太過適得其反，為大凶的恐怖而戰慄吧。

我絕不會讓那種艱難的發展發生。

「沒事吧？腳有沒有扭到？」

我捏了一把冷汗，確認臂彎中的夜華有沒有受傷。

「是本人。希墨在這裡。」

夜華緊抓過來將手環到我背後，用全身感受著我這個存在。

「當然是我本人啦。如果夜華抱住別的男人，我反倒才會哭喔。我會真的很想死。」

「我怎麼可能做那種事！」

「我知道。」

「不過，你為什麼會在這裡呢？」
夜華牽起我冰冷的手，確認手的存在。
一直待在室內的她手很溫暖，我想持續碰觸。
「我去新年參拜時抽到了大凶的籤，想到其他神社重抽。」
我隨便回答一個理由。
「所以你才這麼晚過來？」
「這裡沒有美國來得遠啊。」
「雖然是這樣沒錯……」
夜華很高興，但表情有些複雜。
她知道是自己打的電話讓我過來的，非常歉疚地垂下肩膀。
「有一陣子沒見到妳，我也很寂寞。新年快樂。」
「～～嗚。我也是、這樣啊～新年快樂～」
夜華再度抱住我，直接像個孩子般哭泣起來。
她像走丟的孩子找到家人時一樣，用全身呼喊。
「有高興到掉眼淚嗎？」
我輕輕摸摸夜華的頭。
「那是當然的吧！我喜歡希墨～～」

「我也最喜歡妳了。在雪中擁抱也很風雅呢。」

「我隨時都想這麼做。」

「我也是……妳和妳爸爸談過了吧。真努力。」

我首先慰勞鼓起勇氣的她。

聽到那句話，夜華擠出聲音回答。

「……面對家人果然很困難。我不知道該怎麼做才好。」

夜華在我耳邊吐露。

「我是為此而來的。」

亞里亞小姐站在我的目光所及之處。

「你一碰到小夜的事情就很熱情呢。」

「給妳添麻煩了嗎？」

「小夜的反應就是答案吧。她直到剛剛為止一直都很沮喪。」

「我本來以為會被亞里亞小姐搶先一步，撲了個空喔。」

「讓我可愛的妹妹流下喜悅的淚水的男人還真敢說。」

「那是我的專利特權。」

「那麼，你要怎麼做？要直接帶她回東京嗎？我不會阻止喔。」

亞里亞小姐簡短地問。

那也是一個可行的選項吧。
「不，那麼做是拖延結論。我想向令尊令堂打聲招呼。」
我毫不猶豫地說出來到這裡的來意。
「既然你直接前來了，這是當然的吧。」
亞里亞小姐愉快地笑了。
「希墨……沒關係嗎？」
夜華以複雜的態度仰望我的眼睛。
「我做好覺悟了。」
我試著逞強。
「啊。阿希，禁止大打出手喔。因為那也是我們的雙親。」
「我想一般來說，挨揍的是女兒的男朋友。」
「即使是爸爸，也不會動手吧，大概。」
亞里亞小姐苦笑。
「姊姊！就算是爸爸，也不會這樣對吧？對吧？」
對於姊姊含糊的反應，夜華也不安地問。
「不知道呢。爸爸怎麼說都超喜歡我們不是嗎。我也沒有介紹情人給他認識過，我沒辦法想像他會有什麼反應。」

感情很好的美女姊妹花兩個人吵吵嚷嚷。

儘管如此，夜華緊靠在我身旁不肯離開。

接著，一輛車在雪中停在我們附近。

我看過那輛車。我記得那是在文化祭時，亞里亞小姐開過的車。

由於方向盤在左邊，駕駛座面向街上。

車窗降下來，露出一名男性的臉龐。

「…………夜華。那一位是誰？」

他沒打招呼就直接發問。

男人平靜的語氣感覺不到動搖之色。在我聽起來毫無情緒起伏。由於是晚上坐在車內，我無法從那張帶著與年齡相稱的皺紋的臉上判讀出情緒。

他穿著剪裁精良的夾克與高領毛衣，手上戴著高級手錶和陳年的婚戒。

男子硬質的視線足以把我和夜華拉回現實。

我察覺我和夜華正在街上緊緊地擁抱在一起。

我們回過神來，立刻分開。

「哎呀，難不成你就是希墨？我女兒總是受你照顧了。」

副駕駛座上的女性朝我開口。

知道我的名字與長相的神祕女性，提到了女兒。

也就是說，這兩人是夜華的——
「爸爸、媽媽？呃，這個是！下雪覺得冷，只是在替他取暖！」
夜華也超級緊張，回答得支離破碎。
在我過去之前，對方先過來了。
問題：陳述被第一次見面的情人雙親看見兩人相擁場面時的心情。
「……初次見面。我與令嬡正在交往，我名叫瀨名希墨。」
答案：超級尷尬。

◇◇◇

好了，我就這樣與有坂家一起共進晚餐。
在咖啡廳前初次遇見後，他們說要直接去吃晚餐，叫我一起上車。
『比起在旅館拘謹地吃晚餐，來這邊會更好吧。』我們根據伯父的意見，前往有坂家從以前就常去的和風居酒屋。
店主好像從夜華與亞里亞小姐小時候就認識她們，一看到兩人就瞇起眼睛和顏悅色地說她們變漂亮了，見到我這個跟在最後面的神祕人物，眼神則變得銳利起來。他明顯在估量著我。投來不像餐飲業會出現的嚴厲視線。

『先生，這位眼生的小弟弟是？』

『他是夜華的男朋友。』

『喔！已經跟你們一起旅行了？』

『不，他特地來見女兒，所以就帶他過來了。』

光是聽到在被領進包廂途中店主和伯父之間的簡短對話，我就快死了。

當然，我是為了見夜華的父母而大老遠趕來，但馬上就受邀吃晚餐，變化來得好突然。

在打最終頭目戰之前，至少讓我在最後存個檔吧？

戰鬥突然無縫銜接地開始了喔！

我保持平靜，不讓人看出內心的動搖。

如果現在破壞了她雙親對我的印象，可能會導致我理想中的未來變得很遙遠。

「希墨，你別客氣，多吃點。第一次跟女兒的情人一起吃飯，媽媽很開心呢。」

在乾杯過後，夜華的母親笑容滿面地勸我夾菜。

她一頭烏黑的長髮令人印象深刻，女兒們的大眼睛和白皙皮膚完全遺傳自母親。她的容貌美麗與知性兼備，看起來不像生育過兩個女兒。使人感受到她正全力以赴投入工作的快活與能量。

夜華的父親坐在她身旁。

從剛才開始，他就寡言少語地板著撲克臉，無法看出心中在想什麼。一開始顯得有種不高興的印象，但像這樣在燈光下一看，他臉上看來沒有完全褪去長年的疲憊。

我被安排坐在夜華和亞里亞小姐中間，隔著餐桌面對她們的雙親，美味的菜餚送到了餐桌上。

「媽媽。希墨的菜由我來夾，不要緊。」

坐在我身旁的夜華，拿了給我的分菜盤。

「在這麼有趣的狀況下不能喝酒，真可惜。」

由於亞里亞小姐負責在回程時開車，她和我一樣喝非酒精飲料。

「從新年就打擾各位一家人團聚的時光，非常抱歉。另外我剛剛與夜華小姐擁抱，只是她差點摔倒，情急之下抱住她而已。平常我們交往時都會顧及分寸。」

我一邊衡量時機，一邊先道歉與辯解。

「阿希，你超僵硬的。我知道你很緊張，不過要放鬆啊。」

「既然知道，就請別開玩笑！」

我已經沒有餘力應付亞里亞的逗弄。

「希墨，我懂。與你的家人見面時，我也是這種感覺。」

夜華也是透過我有所共鳴，想盡可能地貼近我吧。

「妳已經見過男朋友的家人了嗎，夜華？」

伯父的反應讓我每次都警惕起來。

冷靜點，他只是重複夜華的發言而已。如果過度解讀，會不必要地消耗精力，我這麼說服自己。

「嗯。他們在文化祭時來到學校，我向他們打過招呼。他家雙親和善，妹妹很可愛，感情非常好。」

夜華十分愉快地介紹瀨名家。

「妳現在願意坦率的說給我聽啊。」

「……在這種狀況下，總不能只有我保持沉默吧。」

伯父對於能跟女兒交談顯得很開心，夜華本人則露出不甘情願的表情。

有我在場，夜華的態度似乎軟化了。

「這是文化祭的現場表演後拍的照片。照片上的人就是希墨的妹妹。」

夜華就像要掩飾般把自己的手機遞給雙親。

那是也擺放在我書桌上的照片。滿頭大汗的大家並肩站在一起，臉上充滿成就感。

「我也看過現場表演的影片了。小夜看起來很開心，希墨也很帥氣。」

如同先前從夜華那裡聽說的，伯母對我很親切，非常值得慶幸。

「還有求婚也看到嘍喔。」

伯母這麼補充，微笑了一下。

才剛為了那善意的反應鬆了口氣，伯父悄然地說了聲「真年輕」。

我不禁差點把喝到一半的可樂噴出來。

這種節奏的緩急變化讓我好疲倦。

「對我來說，那是人生中最棒的一瞬間！」

夜華生氣起來拉高嗓門。

就算被女兒瞪視，伯父仍靜靜地端起酒杯喝酒。

面對生氣的夜華也能保持平靜，真不愧是父親。

「那場現場表演真的很棒。我都忍不住聽得落淚了。」

就像要把話題轉回來，亞里亞小姐輕描淡寫地補充。

「咦，姊姊哭了？」

「我第一次聽說。」

亞里亞小姐會落淚，這讓我相當意外。

「因為很難為情，我不可能說出來吧……喝非酒精飲料果然還是不過癮呢。」

「這樣不用擔心妳喝醉後對人做奇怪的事情，我很放心就是了。」

「我會選擇對象。我只會對紫鶴和阿希這麼做喔。」

亞里亞小姐邊喝烏龍茶，邊堂堂地宣言。

「希墨跟亞里亞感情也很好呢？」

伯母的感想聽得我很難為情。有坂亞里亞永遠是我在她面前抬不起頭的年長大姊姊，我不認為我們是對等關係。

我了解她的脾性，覺得她很可靠，但用感情好來形容總覺得不太適合。

「亞里亞小姐是我的恩人。她以前在我國中時所上的補習班擔任兼職講師，我們從當時就認識了。」

我拘謹起來，連說話口氣也變得畢恭畢敬。

「他本來成績很差，但是我確實幫助他考上了喔。」

亞里亞小姐得意洋洋的比出V字手勢。在一家人相處時，她會展現興致高昂的反應呢。

我平常總覺得她是游刃有餘的大姊姊，看到身為女兒的亞里亞小姐，感覺很新鮮。

「那麼你在遇見夜華前，就先遇見了亞里亞呀。真有緣分。」

「託您的福。」

我也喝了一口倒在自己杯中的可樂。口渴的程度果然非比尋常。

「而且，還願意過來旅行地點見面，真是可靠的男朋友。」

「難道說是夜華叫你過來的？在這種下雪的日子出門明明很辛苦。」

夜華的雙親說出完全相反的感想。

「不，是我擅自跑過來的。夜華小姐什麼也沒說。」

為了夜華的名譽，我明確地主張這一點。

「希墨非常為夜華著想呢。」

伯母對我的回答很滿意。

「新年前三天都還沒過完啊。他是高中生，家人也會擔心吧。」

啊，糟糕。我完全忘了跟家裡聯絡。

待會看看時機，在去廁所時順便打電話吧。

「這當然是沒錯，不過身為女人，很令人高興吧。對吧，夜華？」

「嗯。」

夜華露出燦爛的笑容，同意伯母的意見。

至少我從伯母的反應知道，她沒有因為我的事情在家中遭到孤立，讓我放心了。

問題果然在於伯父吧。

夜華一直只跟伯母和亞里亞小姐說話，不怎麼看向伯父。

伯父不怎麼開口，相對地喝酒的速度很快。

我總之先吃起菜餚。啊，有夠好吃！

享受著美味菜餚的過程中，我的緊張漸漸放鬆下來。

幸好我當過神崎老師的代理男友，經歷過類似的情況。

真是不知道什麼經驗會派上用場呢。

隨著愈喝愈多，夜華雙親的話漸漸多了起來。

兩人的對話已經無視於我的存在，加劇升溫。

「只要兩人的愛是真心真意的，即使是學生結婚我也會同意！因為我是善體人意的母親！」

喝醉的伯母臉泛潮紅地宣言。

「咦咦？可以嗎！太好了，媽媽真通情達理。真喜歡妳！」

夜華就像正等著這句話般歡欣鼓舞。

我從剛剛就發現，夜華在面對媽媽時很愛說話。剛才她也炫耀過我送的聖誕禮物戒指，和媽媽一起興奮不已。

人跟家人在一起時，和其他時候判若兩人。

「都是因為妳像這樣亂寵孩子……」

「有什麼關係。希墨是個好孩子嘛。我知道！他已經相當於我的兒子了！」

伯母說出讓人高興的話來。

「沒錯、沒錯！」

夜華立刻贊同。

「妳們這對性情相似的母女，為什麼這麼想急著下結論。」

伯父舉起盛日本酒的小酒杯啜飲，這麼忠告。

「夜華當然會選擇專情的人，但如果放著不管，我擔心他會被人拐騙呀！」

怎麼能擺出那麼悠閒的態度呢，伯母責怪道。

「他會不會被其他人追走，是他本身的問題。」

「阿希性格很認真，不要緊。」

亞里亞小姐護欄為我說話。

「既然亞里亞說到這個份上，那是這樣沒錯吧。」

伯父乾脆地聽進去了。

這就是長女的發言力嗎？還是對亞里亞小姐的信賴感呢？

這種對於姊妹的反應差異，讓夜華在一旁恨恨地看著伯父。

「說來慚愧，我在去年夏天重逢時才首度發現，亞里亞小姐是夜華的姊姊。明明姓氏相同，卻沒聯想到，哎呀～我真遲鈍。」

在夜華爆發之前，我談起自己的話題，改變對話走向。

「與其說遲鈍，純粹只是稚嫩吧。不用在意。」

「真是惶恐。」

「相反的，女孩子很早熟，讓人傷腦筋。她們都不肯聽我的話。」

儘管這麼說著，他注視夜華與亞里亞小姐的眼神很溫柔。

「我明白。我妹妹讀小學四年級，只有嘴上很會講，我總是被她耍得團團轉。」

「你擅於照顧人，是因為照顧妹妹習慣了吧？」

伯父理解地點點頭。

一方面是受到酒精影響，伯父變得比一開始來得多話。

「希墨，不可以劈腿喔！絕對不行！」

伯母看來也相當醉了。

「別擔心，媽媽。我把非愛情喜劇三原則確實告訴希墨了。」

「當然了。劈腿絕對免談。」

「也不許對其他女生做出愛情喜劇般的舉動！」

「夜華，妳有好好記得媽媽教妳的事，真了不起。」

伯母伸出手，越過餐桌摸摸夜華。

看樣子，非愛情喜劇三原則的教誨承自於她母親。

「你也很辛苦吧？」

伯父抱著同情般地對我開口。

「不，我對夜華專一。」

「……身為女兒的父親，我聽了可以安心，但身為男人，我抱著疑問。那麼輕易的選定一個人，對於年輕的你來說這樣好嗎？」

當我毫不猶豫地回答，他接著問出惡魔般的問題。

沒有調侃似的開玩笑或唆使般的惡意，他的口吻反倒像在關心我。
我對那個問題感到困惑，產生一瞬間的停頓。
如同要填補那一瞬間，有坂母女同時做出反應。
「老公，你對女兒的情人說出這種話，真不敢相信。」
「哇，爸爸好差勁。這句話實在太扯了。」
「為什麼要說那麼過分的話！」
母親與姊妹發動噴射氣流攻擊！
情緒的海嘯如怒濤般湧來。
該怎麼說，那單方面被數落的慘狀，讓我都心生同情。
氣氛不是我能插嘴干涉的。
「你懂了吧。我們一家人只有女生會馬上串連在一塊。」
面對三對一壓倒性的劣勢，伯父露出大徹大悟的表情看過來。
「採用多數決可不是她們的對手呢。」
我不由得這麼說。
要是每次都被三個這樣的大美女責怪，就算心態堅韌也會很累吧。本該在跨年期間泡溫泉療癒工作疲憊的中年男子，流露出難以抹去的悲哀和看破。
「希墨你站在哪一邊啊！」

血衝腦門的夜華大吼。

「至少並不是敵人。我的立場始終是來請求同意的。」

我斬釘截鐵地明言。

「他遠比妳冷靜多了。」

與根據夜華和亞里亞小姐的話去想像的印象相比，實際上的伯父態度相當沉穩。我可能有點誤解了。

我反而甚至感覺到，他有考慮到我的立場。

「這是個好機會，就讓我說清楚！我要留在日本，才不會去美國。我絕對不願意跟希墨談遠距離戀愛！我要像至今一樣，開心地度過學生時代！」

夜華這麼主張。

「有他在場時，妳比平常更加強硬啊。」

「這關係到我的人生，會當真是當然的吧！」

父女吵架即將再度展開。

夜華如進入臨戰狀態般瞪著伯父。

另一方面，伯父淡然以對。他隱藏起真實想法，觀察著對手的態度。

「看來和他交往，妳的學生生活變得非常愉快吧。」

「沒錯。希墨是我命中註定的對象。」

「——戀愛並不是人生的一切喔。」
他的指摘正確到讓人無法辯解。
「我受夠了爸爸企圖像這樣用大道理駁倒人！」
「別轉移話題。」
「妳要有自覺，妳還不夠成熟，不足以做出賭上人生的判斷。」
「跟心上人一起生活是人生的幸福！不要否定！」
伯父理性的對應夜華情緒化的發言。
「我知道對我來說重要的東西是什麼！」
「就算現在是特別的，隨著時間經過也會自然轉變。人類是會厭倦的生物。」
伯父所說的話很無情，簡直像在說這段感情是因年輕產生的誤會。
「也有不會改變的東西吧！」
「既然是命中註定的對象，即使談遠距離戀愛也不會有問題吧。」
當他接過女兒的發言回以一記狠硬的直球，夜華的表情扭曲了。
「不、不要為了你單方面的情況企圖改變我的人生！」
「我是為了孩子的未來著想。在國外的經驗，一定會對妳的未來有幫助。」
「我沒有要那種東西！」
「用更長遠的目標看待人生，做好準備。許多經驗都不會白費。」

「正因為我看著未來，所以才只有希墨！」

「……這種情緒化的反應真孩子氣。所以我才希望妳成為大人。」

夜華情緒激動，伯父堅定不移。

從形成對比的態度來看，誰也看得出他們性格不合。

父女吵架會拖那麼久，夜華會苦戰都是當然的。

而且，伯父看起來已經相當手下留情。

如果他認真起來不斷用理論猛攻，討論早已結束了吧。

當真發著火的夜華甚至連這一點都沒發現。

我看看亞里亞小姐和伯母，她們臉上露出「又來了」的表情，顯得很為難。

「如果我成為大人，爸爸就會認同嗎？」

「沒錯。」

「那大人是什麼。」

「對自己的行動能負起責任。」

「我沒有做不負責任的事啊。」

「是嗎？我從妳那裡聽過許多跟他之間的事情，但我只覺得妳把他耍得團團轉。」

「那是什麼意思？」

「……沒有自覺就是妳是孩子的證明。」

伯父帶著嘆息判定。他的舉止看來莫名地裝模作樣。

而這觸怒了夜華。

「你明明什麼也不知道！」

「那就告訴我。不要用命中註定的對象這種模糊的誇張形容，用任何人都能信服的說法告訴我。」

「你不滿意希墨的哪一點？」

「我想問的是夜華本身的心情與想法。現在與他的事情無關。」

伯父不肯放過。

為了問出想問的事，他不允許女兒不自覺地轉移到其他話題。

夜華終於詞窮。

像平常一樣靠情緒蠻幹到底的做法，對親生父親並不管用。

單靠喜歡的心情，說服材料不夠多。

——聽著父親與女兒爭論，我同時愈來愈感到不對勁。

為什麼要刻意在身為外人的我面前開始吵架呢？

契機是他與我交談時，那個如惡魔般的問題。

『那麼輕易的選定一個人，對於年輕的你來說這樣好嗎？』

如果伯父沒有問那個問題，晚餐本來會氣氛融洽地結束。

在這個場合用那種方式說話，夜華會生氣是顯而易見的事。

有妙齡女兒的父親，會主動說出惹人厭惡的話嗎？

我實在不認為夜華的父親是那種不知輕重的人。

他在明白這一點的前提下，刻意觸怒女兒。

簡直就像是要讓我了解現狀。

毫不介意夜華凌厲的目光，伯父往下說。

「我也是男人。起碼知道什麼是成為愛情的俘虜，男人這種生物，有時候會為了真心喜歡上的女人若無其事地逞強做出傻事。今天他也為了夜華，在下雪天趕來這裡。」

伯父一瞬間看向我。

「那代表他對我的情意。那份溫柔有什麼不對了！」

「不是只要有愛情，一切就都會被容許。」

他用緊繃的聲調靜靜地斥責她。

「——如果爸爸沒有提出什麼去美國，我們就不用像這樣吵架。我明明，只是希望跟希墨一直在一起而已。」

夜華拚命地忍住想哭的衝動。

「世界不會只隨著妳的感情轉動。這種天真的想法就是幼稚。」

夜華深深地吸口氣，正準備吶喊什麼。

「暫停，夜華！我已經明白了！」

我介入親子的對話。

有坂家的目光聚集在我身上。

「……希墨？」

「夜華有多喜歡我，已經充分傳達給伯父了。倒不如說是傳達得太多了。所以——伯父才無法放心。」

我想要讓夜華安心般注視著她的眼睛。

真可憐。她像頭受傷的野獸，臉上充滿恐懼與懷疑。這代表是有如此不安吧。自己的喜歡全盤遭到否定，她不可能保持平靜。

但是單憑莽撞的喜歡感情，她的雙親不會信服。不，是無法信服。

——那份「喜歡」值得賭上人生嗎？

正因為愛著家人，才無法隨便下決定。

以前的我被平凡一詞所困，無法正確認知自己真正的價值。

夜華現在也處在同樣的狀態。

對夜華來說那太過理所當然的對我的好感，有多麼特別呢。

因為她本人不太理解，才未能完全具體地用言語表達出來。

伯父方才說過。

『那就告訴我。不要用命中註定的對象這種模糊的誇張形容，用任何人都能信服的說法告訴我。』

只說喜歡太過模糊。

總之，他想聽到女兒對那個問題的回答吧。

愛慕著某個人的特別心情，即使左右往後的人生也無所謂嗎？

這本來不是可以輕易斷言的。

然而，夜華太過乾脆地說得斬釘截鐵。

她的言行，被誤解為眼中只有戀愛也不足為奇。

所以，伯父正試圖看清楚女兒一人的想法。

證據就是夜華的父親，對於我沒有說過負面的話。

單純地說我不配當夜華的情人，高中時代的男女朋友遲早會分手，用大人的理論讓我閉嘴會簡單許多。

他也可以叫她要聽父母的話，不由分說地要求她服從。

然而，就算發生爭吵，他仍然繼續跟夜華溝通。
瀨名希墨能夠待在這個場合，是這個家庭對夜華的未來尚未定論的證據。
那麼，我們的兩情相悅要輸給現實還為時尚早。

第九話　在變得悲傷之前

「今天很晚了，你留下住一晚吧。我已經為你訂了房間。」

就在吃完晚餐後，伯父這麼告訴我。

時間已經很晚，持續下雪又導致電車班次大亂，要在今天之內回家有困難。

我決定坦率地接受好意。

「在這種大雪天，總不能把小孩子趕出去吧。你不用在意。」

「真難得在這種時期，還是當天訂就有空房呢。」

「我們從以前起便經常住宿那間旅館，多少可以通融。」

當我為住宿與晚餐道謝時，伯父僅僅這麼回答。

亞里亞小姐開車載大家前往有坂家住宿的溫泉旅館。

亞里亞小姐坐在駕駛座，伯父坐在副駕駛座。

後座依序是夜華、我與伯母。

車內的氣氛沉重。

夜華從那以後一直沉默不語。

看來伯父說的話令她非常難受。

伯母也關心地對我說「對不起。他們吵架之後總是這樣。」

「沒關係，我習慣了。」

當我這麼回答，「哎呀，這樣嗎。希墨是大人物呢。」伯母感到奇怪地吃了一驚。

與剛認識時的有坂夜華相比，這種程度是小意思。

到了現在，我想像得到她的真實想法。

夜華轉開臉龐，眺望著漆黑的車窗外，我偷偷地握住她的手。

她沒有開口，不過坦率地回握了我的手。

汽車在雪中安全行駛，抵達旅館。

那棟歷史悠久的氣派建築物一看就知道是高級旅館，在雪中眺望起來更具風情。我有種誤入日本古典文學世界的感覺，不禁拘謹起來。

外觀是莊嚴的旅館，但走進去一看，裡面是現代化的裝潢。走和風高級飯店的風格。拜寬敞又布置均衡的家具所賜，旅館內不顯冷清蕭索，有種舒適寧靜的氛圍。

「今天真抱歉。」

明明沒有任何事需要道歉，夜華這麼說完後先回了房間。

她的雙親在櫃台辦理我的入住手續，領取房間鑰匙。

「這是你單人的房間。如果缺什麼東西，儘管打電話給櫃檯。」

早餐好像會在早上八點送到房間。除了房間裡的室內浴池，另外還有大浴場。旅館裡有咖啡廳、遊戲室、酒吧等等，設施十分充實。感覺在旅館裡逛逛也很有樂趣，但緊張導致的疲勞讓我缺乏那種活力。

「我去那邊的酒吧喝一杯——你也要來嗎？」

當我正要離開櫃台時，伯父單獨點名了我。

「……或許那樣做比較好。希墨，不好意思，可以請你陪陪爸爸嗎？」

「有些話題只有男人之間才能談吧。阿希，拜託你了。」

伯母和亞里亞小姐也表示贊成。

「我先進酒吧。如果有必要，你就聯絡家裡吧，亞里亞，要是有什麼情況，由妳來向他的家人作說明。」

伯父可能也是體諒我，給我一段時間作心理準備。

伯母也先回房了，現場只剩下我和亞里亞小姐。

「亞里亞小姐身為長女很受信賴呢。」

「像我們這樣排行在前面的孩子，在成長過程中會不知不覺間承受希望我們先長大的壓力啊。你不覺得偶爾會羨慕底下的弟弟妹妹很輕鬆嗎？」

「說得對極了。」

身為長子的我和身為長女的亞里亞小姐都有妹妹，在想法上全是共鳴。

在前往酒吧前，我先來到旅館外。

這是為了呼吸外面的空氣放鬆緊張，以及打電話回家。

「我也陪你去。」

「這樣不會冷嗎？」

「不會花多少時間對吧？」

外面無聲地持續下著雪。

我打電話傳達外宿的事，理所當然地遭到母親斥責。

在我苦於不知該如何應對時，亞里亞小姐突然拿走我的手機代替我講電話。

「伯母，久疏問候。我是以前曾在希墨同學上過的補習班日周塾擔任講師的有坂亞里亞。您還記得嗎？──是的，其實我是夜華的姊姊。是呀，聽到妹妹的交往對象是他，我也很驚訝。──不，反倒是舍妹給希墨同學添了麻煩，由我們來照顧他是當然的。──謝謝您這麼周到。我會將令郎好好地送回去，請別擔心。──那麼，再見。」

「好，這麼一來就沒問題了吧。」亞里亞小姐把手機還給我。

「妳和我媽媽交談過嗎？」

「那是當然的吧。你以為你上補習班時，留下來晚歸過多少次呀。我每次都會打電話聯絡你家。」

我並不知道。

我幾乎每次都晚歸，我以為爸媽也接受了補習就是這樣。沒想到是亞里亞小姐在背後為我聯絡家人。

到頭來，我以為自己一個人在努力，卻在不知不覺間受到周圍大人們的幫助。小孩子光是去做看得見、可觸及範圍內的事情就夠忙了，難以發現周遭給予的支援。

「亞里亞小姐，今天我第一次聽說的事情太多了。」

「提供支援是大人的使命吧。我只是做了理所當然的事情。」

「不好意思，總是依靠妳。」

我深深感謝她的相助。

「欸。我最後可以問一個問題嗎？」

「什麼呢？」

「如果說，你真的和小夜分手了，你會怎麼做？」

「……這個嘛，我決定不去思考。」

「很有自信啊。」

「不是的。而是光是去想像那種最糟糕的結局，就會很難受。」

一邊意識到戀情的結束一邊談戀愛既孤獨又悲傷。

會覺得整個過程走向終結的儀式，變得無法享受任何樂趣。

「──如果失敗了，我來接受阿希吧。」

「亞里亞小姐嗎？」

「考學校時也會準備保險志願對吧？」

「對我來說，妳是特別的人。所以，我無法像那樣看待恩人。」

「你不接受年紀比你大的？」

「與那個無關。亞里亞小姐很有魅力。如果各種事情的順序變得完全不同，我會愛上的人是妳。」

「這樣、呀。」亞里亞小姐露出一絲動搖。

「但是，那是因為我和妳有為考上永聖一起努力的過程。如果彼此都是空白狀態，在不同的時機相遇──我認為妳不會喜歡上我。」

「……你是什麼時候發現我喜歡你的？」

亞里亞小姐轉而露出神清氣爽的表情。

「決定性的關鍵，是妳在文化祭送我去學校的時候。」

「那時候你虛弱無力，我還以為只是親一下可以蒙混過去的。」

「就算是現場表演前的激勵，親吻妹妹男朋友的臉頰實在……」

「所以你突然不再聯絡我了嗎？」

「既然意識到了，這也無可奈何。」

一旦自覺到那種可能性，我至今與亞里亞小姐的互動突然開始具有不同的意義。在七月重逢，我本來以為那種親近的距離感屬於從前的學生與講師。因為有坂亞里亞不可能喜歡上我這種人。

正因為認為我在她的戀愛對象之外，我才能跟亞里亞小姐正常交談。

一去掉那種先入為主的想法，以男女的互動來說，其中有太多戀愛意味的苗頭了。

我覺得裝作巧合實則有預謀的接觸其實相當多。

如果看似開玩笑的那些話其實是認真的，那麼我是多麼忘恩負義啊。

「這意思是說我也有機會？」

「至少在除夕看到妳剪頭髮後的模樣，我擅自產生了罪惡感。」

「聽了有一點點高興呢。」

她害羞的表情正屬於戀愛中的少女。

「我本來就喜歡亞里亞小姐。因此才會向妳撒嬌，忍不住依靠妳。我覺得只要找這個聰明又美麗的大姊姊商量，就能解決問題。我根本沒想過這會造成妳的負擔……」

這是我沒有隱瞞的誠實真心話。

只是，未必所有的喜歡之情都會發展成戀愛。

「你熱衷又專情在跟另一個女孩的戀愛上，沒發現也無可厚非。」

「為什麼挑這個時機呢？」
「因為我是時候想下定決心了。」
亞里亞小姐堅定地告訴我。
「光是打勾勾好像不夠呢。」
「想要像那樣隨意地互相接觸，就是念念不忘的證據。」
「我也差不多。」
現在我明白夜華的非愛情喜劇三原則的意義。
那是為了我與夜華，也是為了其他人而設下的。
為了不讓人產生多餘的期待，不讓某個人淡淡的戀慕之心進一步成長而受到傷害。
「如果所有戀情都能得到回報就好了，戀愛真殘酷。」
「抱歉。」
「沒關係。我至今也在找藉口想要見你。」
「亞里亞小姐對男性的口味也變了呢。」
「阿希是個好男人喔。喜歡上你是我個人的情況，太晚產生自覺也是我的責任，沒鼓起勇氣是我的自保。這是我繞了一圈遠路的初戀。」
我感到胸口抽緊。
我並非想傷害這個人。

只是，我們之間可能存在過的戀情綻放得太晚了。

重逢之後，我們在某方面或許享受著當時那段淡淡聯繫的延長戰。

這是種無自覺的共犯關係，我們變得親密。

與過去很熟悉，經過成長後的對象重逢，為當時的感情帶來了變化。

然而即使回憶被美化，在我們沒有見面的期間，現實早已往前發展。

使我們重逢的人，正是我們絕對無法背叛的重要之人。

是我的情人，她的妹妹。

縱使時光倒流，也不會發生戀情，縱使選擇強行前進，也無法避免痛苦。

「我當時是讀國中的小毛頭，比現在更膽怯喔。」

「——可是，我在心中某處抱著期待。」

感覺到可能性會混淆判斷。

那種直覺未必是正確的，有時原先避免的道路才是正確答案。

只是，在什麼都沒發生的情況下，往往很難知道那是正確答案。

因此人總是會迷惘。

需要用來下定決心的儀式。

就像打勾勾、剪掉一直留長的頭髮，或是像這樣用言語吐露出來。

亞里亞小姐現在正是這樣。

「我很笨拙，不是一個人就不行。」
「我不在意喔。即使是妹妹的前男友，只要我能得到幸福就可以了。」
「我不希望像這樣，只有逞強的妳會受傷與失去。」
如果我選擇有坂亞里亞，她一定會為了妹妹跟家人保持距離。
這個人會做得出這種事。

「——我們彼此都很喜歡她呢。」

只要這份心情尚在，我們的結局從一開始就註定了。
「是的。這份心情不會改變。」
我喜歡的人是有坂夜華。
「以後我們也要長久相處，所以別在意。反正小夜早就發現我的心情了。」
多半是在我擔任神崎老師代理男友的時候吧。
當瀨名會的大家過來找我時，只有夜華在跟亞里亞小姐一對一談話。
從不隱瞞的夜華，也唯獨那時候的事情絕不肯告訴我。
總之，就是這麼回事吧。
「妳們姊妹感情到底有多好啊。」

「那是當然的吧。我們感情都好到喜歡上同一個男孩子了。」

亞里亞小姐自豪地笑著。

「所以，幫助我的妹妹吧。」

隨著最後交談的那句話，白雪靜靜地掩蓋過於遲來的戀情。

◇◇◇

在燈光昏暗的酒吧吧台前，有坂先生邊喝著威士忌邊等著我。

「抱歉讓您久等了。」我在他身旁的座位坐下。

「看來花不少時間，情況還好嗎？」

「談得久了一點。最後是亞里亞小姐幫助了我。」

「這樣嗎。你也點杯飲料吧。」

「請給我一杯薑汁汽水。」

接到點餐的酒保在我眼前開始準備。那安靜又迅速的動作宛如表演般精彩，吸引我的目光。

「久等了。」酒保有禮地將飲料放在我面前。

放在杯墊上的細長玻璃杯點綴著檸檬切片，金色的透明液體裡迸出小氣泡。

儘管這是理所當然，就連一杯薑汁汽水，也與家庭餐廳的飲料吧大不相同。
我甚至覺得已喝慣的飲料應該都變得不一樣了。
「別那麼拘謹。用你更方便說話的方式講話吧。我只是想跟你靜下來聊聊而已。先前讓你看見家裡難堪的場面了。」
「我才是，因為有我在場，給你們添麻煩了。」
我換回平常說話的口氣。
「──拜你過來所賜，讓我體驗到了有妙齡女兒的父親應有的經驗。」
當然，對方也用比起剛才來得隨意的態度直率地說。
「我也沒想到，開口說『請把女兒嫁給我』的日子會那麼早到來。」
「怎麼，你真的是來徵求結婚許可的嗎？」
「我還以為一定會被要求分手。」
父親與女兒情人的目光碰在一起。
「實際上非常奇怪。如果不像這樣喝酒，我就撐不下去。」
伯父轉動酒杯。
「真羨慕您可以喝酒。因為我是清醒的。」
「別誤會。我意外地覺得好玩。我們家只有我一個男人，所以總是慘敗給女生們。」
「伯父在居酒屋被壓倒的場面好驚人啊。請別說出去，我看得有點害怕。」

「由於這樣，我沒辦法亂說話。」

真傷腦筋，他說著聳聳肩。

「不過，當時的失言是故意的對吧？」

「你為何這麼認為？」

「這是為了向我展示有坂家的日常吧。」

「珍惜這份觀察力吧。一輩子都會派上用場。特別是在家庭生活中。」

看來我果然說對了。

「如果我有兒子，未來會像這樣一起喝酒嗎？」

在氣氛變得融洽一點後，有坂先生舉杯喝酒，感慨地說。

「家父好像也很期待與我一起喝酒。」

「家人應該好好珍惜。」

「是。」

「……我看過文化祭的影片了。你是認真的嗎？」

伯父直截了當地問。

「我是認真的。那時我說那些話是發自內心，不是受到一時興起或是衝動，那毫無疑問是瀨名希墨對有坂夜華的求婚。」

我直視情人的父親回答。

「你不用焦慮，夜華深深愛著你。她講過很多次給我聽。」
「呃，那具體來說是指……」
「你要當父親的複述女兒秀恩愛的內容嗎？你膽量也很大呢。」
「如伯父所知的，夜華在情緒興奮時，經常會用到誇大的形容。」
「我是她父親。起碼知道這點事。」
「所以，對於內容與實際情況有落差的地方，還請見諒。」
「不，你和我所聽過的一模一樣。」
「真的嗎？」
那句話讓我沉甸甸的肩頭一輕。
「明明特地在下雪天跑過來，你卻那麼緊張嗎？」
我的反應似乎戳中他的笑點，他低聲發笑。
「因為這在我的角度看來，相當於上門襲擊。」
「以忠臣藏來說，人數很少呢。」（註：忠臣藏是描述日本江戶時代四十七個武士為主公復仇的歷史故事。）
在神崎老師那次時，我們用多人戰術硬幹到底，但這次不能如此。
「這是為了展現我的覺悟。」
「多虧你過來，夜華又願意說話了。唉，但在回程的車上倒退回去了。」

「伯父認為她很孩子氣嗎？」

自己所說的話被父親像那樣從正面駁斥，會不想講話是當然的。

「不不，我回想起小時候的夜華，很可愛。」

這就是所謂的父親嗎？心胸廣闊，不因為女兒態度冷淡而氣餒。果然有一套。

同時，我覺得那種距離感與互動交流有些熟悉。

「夜華一開始對我也是那種感覺。她一打開門就立刻對我發火，叫我回去。這情況一直持續到一年級結束為止。」

「即使如此，你對她告白了吧。」

看樣子夜華真的把我們戀情的開端一五一十地告訴了伯父。

「在與她交談的過程中，我無可救藥地喜歡上她。」

如今這已成為趣聞。我自己都覺得，真虧我能毫不氣餒地一直前往美術準備室。

「難怪你會實現心願，和喜歡上的人交往。」

「奇蹟發生了。」

「你和夜華的確是兩情相悅吧。你相當成熟，我從你身上感覺到確實的決心。你很珍惜我女兒。我相信這一點。」

「那麼。」

「但是，夜華本身還是孩子。她容易受到自己的情緒擺布。這個你也有印象吧？」

「那不是很可愛嗎？看著自己喜歡的女生耍性子，對於男人來說是種樂趣。我會奉陪到底！」

「——我是說，這對你而言並不好。」

「對我而言？」

「身為一個傻爸爸這麼說很不好意思，但我的女兒們出落成長得像母親的美女。如果受到她們喜愛，大多數男人都會一下子就淪陷。會迷她們迷得神魂顛倒，不管她們說什麼都聽從吧。今天的你正是這樣。」

「成為愛情的俘虜不也很好嗎？能夠和這樣的對象在一起很幸福。」

「即使在文化祭昏倒的你溜出醫院也是嗎？」

「那是我出於自身意志所做的行動。」

「而且從醫院送你到學校的人還是亞里亞。真是的，她們姊妹倆到底在幹什麼。」

伯父傻眼地說，再度舉杯喝酒。

「大家都等著我，文化祭的成功需要我擔任樂團一分子登上舞台。我只是盡到身為團員責任而已。」

「人生當中，有時候會不得不強行蠻幹到底。我也有過這種經驗——然而，如果那是我的女兒們誘發的，我身為父親就必須斥責她們才行。」

「您誤會了！」

「你是別人家的孩子，如果你勉強自己而受傷了那怎麼辦？當你陷入比起因過度疲勞而昏倒更嚴重的狀況時，你的雙親會怎麼想？如果我是你父親，我會非常擔心，並對唆使你做出這種事的人感到憤怒。我絕對無法原諒吧。」

他盡可能不摻雜情緒，要我做出最糟的假設。

——要推翻那個正確性很困難。

伯父看到我的表情後點點頭。

「你是能好好聆聽對方說話的孩子。你不打斷我的話，確實地接受下來，用自己的方式思考，沒變得情緒激動而口不擇言……夜華在這方面並不擅長呢。」

彷彿覺得連那個缺點都惹人憐愛般，我身旁的男子露出屬於父親的表情。

「我明白有坂先生和夜華為何爭論不起來了。」

夜華以年齡來說並不算幼稚。

聰明的夜華與同年齡層相比，反倒遠遠更擅長爭論吧。

只是，這次的對手層級相差太遠。對手是自己的父親，經驗老道的商務人士，經歷過多次艱苦交涉做出成果，專家中的專家。

「如果面對夜華情緒化的攻勢，大多數人都會被壓倒吧。那孩子還不了解自己的這一面。身為父親，我不希望她用錯地方。」
「明明待在美國，您卻像一路都看著在教室中的夜華一樣呢。」
伯父的指摘太過準確，我只能用諷刺反擊。
「你不是也心中有數嗎？」
實際上，我也回想起四月發生的事。
在朝姬同學向我告白時，夜華衝進教室高聲喊出自己的情感。結果，我和夜華重修舊好，但那可能不是因為朝姬同學冷靜成熟，而是擁有像夜華這樣美貌的人強行解決的。
愛情故事中的當事人只看得見彼此。
熱衷於自己的幸福，難以意識到在客觀角度的形象。
不僅是戀愛，強烈的情感會導致視野狹隘。
這個人逐步引導我自己察覺。
那是發現，也是被戳中要害。
一旦意識到先前沒有自覺的觀點，我不禁變得笨拙起來。
需要很大的膽量和經驗，才能就算如此也貫徹自己的風格。
我痛切地感受自己與眼前的大人的差距。
「夜華很坦率，沒辦法演戲啊。岳父。」
「哈哈哈，我沒有理由聽你喊我岳父。」

有坂先生以歐美風格的誇張笑容避開我不得已的諷刺。

「你在文化祭上獲得成功非常好。可是，那只不過是結果論。對高中生這樣要求或許很苛刻，但你應該可以在昏倒前把工作多分配給其他人做才對。或者可能是教師監督不周。」

「那只是我的不成熟導致的結果。」

我不禁在聲調中表現出不悅。

「是神崎老師吧。她也是亞里亞的班導師，所以我知道她。既然那位老師都看漏了，你會昏倒完全是意外吧。」

「因為當時我每天熱衷於練電吉他練到深夜。」

糟糕，對話的步調完全在他掌握之中。

「成功的代價經常被歸納為美談的一部分。然而，現實並不總是美好的。局外人談論時這樣就行了，但吃虧的人可是當事者。若被迫支付無法挽回的代價時，到底誰要來負起那個責任？」

「您的提問太抽象，我無法回答。」

「人生無可取代的東西頂多只有自己的性命。除此之外總會有辦法的。」

「情人也是嗎？」

伯父點頭同意。

「夜華還是孩子。以後也會繼續要得你團團轉喔。」

那句話充滿太多關懷，難以視為威脅。

「即使我說無所謂也一樣嗎？」

我本來打算前來戰鬥，被擔心的人卻是我。

「人一墜入愛河就會失常。那是戀愛的醍醐味。但這也有限度。刺激強烈的情感會使人麻痺，或是筋疲力盡。」

「您在說我愛上像夜華這樣的美女，過於興奮變得失常，總有一天會面臨忍耐的極限嗎？」

「我不希望女兒過著擺布他人的人生。只是這樣而已。」

伯父靜靜地告誡。

「別用那麼迂迴的說法，直接說清楚不就好了嗎。說您要我跟您女兒分手。」

我拚命地壓抑自己不拉高嗓門。

乾脆像這樣斷言，那我只需要怨恨他就夠了。

「你很了不起。只是，不用以學生時代的戀情決定一輩子。」

「那是我和夜華來決定的事！」

回過神時，我的聲音已在酒吧裡迴響。

即使周遭的目光聚集過來，我也毫不理會地瞪著夜華的父親。

「傷腦筋。我無意激怒你。我很少有機會和你這種年紀的孩子交談，不知道該怎麼講話才好。」

伯父尷尬地舉起不知何時已經空了的酒杯，要求續杯。

「……難不成您喝得很醉了？」

我小心翼翼地問。

他的臉色沒有變化，發言內容也很清晰，因此我並未發覺。在吃晚餐的居酒屋裡，伯父不時會加入談話，但從不間斷地喝著酒。在酒吧也在不知不覺間把本該慢慢喝的威士忌喝光了。

「突然要跟女兒的男朋友談話，保持著清醒哪有辦法做到。」

「可是您看起來一點也沒有緊張的樣子。」

剛續杯的酒端上桌，伯父立刻喝了一口。

「不管夜華想和誰結婚都無所謂。我能夠這麼說，是因為夜華是我自己的孩子——但是，你不一樣。」

「我的家人們很喜歡夜華。」

「每個父母在看到自己的孩子遭遇不幸時，都會憤怒與悲傷。而且，不希望自己的孩子做出導致對方不幸的行徑。」

「我並不認為愛情會解決一切。兩位也是，最初去美國時，其實想帶女兒們一起去吧？但是你們考慮到女兒們，選擇將她們留在日本。是這樣對吧？」

伯父首度陷入沉默。

他放下酒杯，取下左手看起來沉甸甸的手錶。

「我們的決定沒有做錯。但我太太真的十分苦惱，工作比起和心愛的女兒們一起生活更有價值嗎？我也一再自問自答，不去美國，留在日本賺錢不就夠了嗎？」

「亞里亞小姐和夜華支持雙親事業的心情，應該不是虛假的。」

「……在考慮過所有選項後，身為雙親的我們判斷現在的形式是最好的。即使如此，既然愛著孩子們，我想為她們盡我所能。」

愛情、家庭、工作。

顧及一邊，另一邊就顧不到。

這代表人生中沒有圓滿解決一切的萬能解決法。

人類很貪心，所以會後悔惋惜未能得到的時間。

「就算這樣，也不用強迫不情願的夜華去美國吧。」

我明確表明自己的立場。

別把孩子牽扯進那種雙親所構思的正確中。

「為了未來，我要帶那孩子去美國。」

伯父帶著說服意味地告訴我。

「那是表面的藉口。你們只是想找回與夜華之間失去的時間罷了。」

說是為了未來，又受過去所困。

「雙親的愛並非寵溺，而是包含嚴厲的溫柔喔。」

「你們保護過度了！夜華沒有那麼稚氣。」

有時候孩子無法理解雙親的愛。或許要等到自己長大之後，才會發現那些有時覺得很不合理的事情有何意義。

伯父叫我過來這裡，也是對於遠道而來的我展現的誠意吧。

這是個正派的家庭。他發自內心地關心女兒，由於那份愛，也會有嚴厲的時候。

——儘管如此，我不認為他有正確看待如今的夜華。

我冷靜下來，重新說道。

「我認為情緒化並不是幼稚。至少夜華成為高中生後，我一直以來都看著她的變化，對我來說是這樣。」

父親的確從愛女出生起就一直守望她的成長。

但是，我一路以來都支持了正處於青春期的情人的變化。

這次輪到我來傳達關於夜華的事了。

「希望你告訴我。在你眼裡看來，我家女兒是什麼樣的人？」

伯父催促我往下說。

他果然感興趣。

可以提供家人所沒有的情報，是我為數不多的優勢。

區區一介高中生，幾乎不可能改變別人家庭父母的想法。

身為父親，伯父的判斷絕不算錯。

若是控制欲強的父母，不可能會歡迎不請自來的我，對於夜華去美國一事，甚至不會有討論的餘地吧。

那是心懷愛意的父母符合常識的結論。

要推翻其正確性極其困難。

但透過提供新的情報，會增加他們能從更多方面做判斷的機會。

既然訴諸於情不管用，那就由理性角度切入。

從預想範圍外將事實擺在他眼前。

第十話　給戀情希望，給愛祝福

我要刷新他的認知。

讓他對目前的結論產生疑慮。

動搖對手的正確性。

這次輪到我了。

做完之後，試著讓父親和女兒再度面對面。

瀨名希墨是這對話不投機的親子的調解人。

夜華沒有她父母認為的那麼成熟，也沒有那麼幼稚。

我保持冷靜的態度，客觀地開始訴說。

「首先，有坂先生說現在的夜華情緒化，還很幼稚。的確從今天兩位的互動來看，夜華的反應會讓人這麼認為是當然的。如果只看在晚餐時的對話，我也會有相同的看法。」

「你是說實際上不同嗎？」

「和我相遇時的夜華，是一個一直壓抑情緒的女孩子。她在教室裡不跟任何人交談，表情沒有變化，一臉無趣地度過每一天。她給我這種自成一體的印象。說好聽點是成熟冷靜，說難聽點是缺乏協調性，對他人漠不關心的同學，與情緒化幾乎完全相反。」

「你說夜華嗎？」

「是的。孤傲的優等生不結交也不尋求朋友，不讓人靠近她。同學們被夜華的美麗和態度嚇到，不再有人找她說話，夜華本人也徹底拒絕溝通。」

「她在學校裡這麼極端嗎？和跟家人相處的時候完全不同。」

伯父首度露出動搖之色。

「夜華本身很優秀，靠著模仿亞里亞小姐這個範本，將大部分事情都處理得很好。儘管如此，愈是面臨難以應付的狀況，愈會顯現出本人的特質。進入青春期的夜華想要避免受到傷害，選擇了斷絕溝通。她意外地膽小。」

每個人都會感受到人際關係的壓力。

有人睡一晚後就能轉換心情，也有人會一直耿耿於懷。

夜華屬於後者，累積的壓力帶來的反作用力，使她拒絕了所有人際來往。

從某種意義來說，那是個乾脆的選擇。

即使如此，人在生活中會被迫與他人建立聯繫。

這在學生時代的團體生活中特別顯著。

待在教室這個狹小的牢籠裡，不擅溝通的人會感到愈來愈厭惡溝通，其實也沒什麼好不可思議的。

「為什麼你了解得這麼深入？」

「在幫助夜華的過程中，我以自己的方式去理解，也聽夜華本人說過。我只不過是代她說出來而已。」

現在我不是情人瀨名希墨，而是他女兒有坂夜華的代言者。

和伯父談話時，夜華厭惡的情緒衝在前頭，無法好好說明具體上有怎樣的事情經過讓她想留在日本。

這無可厚非。

因為那是在揭露自身的精神創傷。

向他人暴露自己的弱點很可怕、很尷尬，依對方的反應而定，自己可能會傷得更深。

一直以來在溝通上受到傷害的夜華，應該是無意識地拒絕了。

更何況，她從以前起就是會在父母面前裝作沒事的堅強孩子。

從身為家人的亞里亞小姐那裡聽到此事，與聽到我這個外人談起此事，帶來的衝擊大不相同。

證據就是伯父的態度漸漸改變了。

「如果她有這種煩惱，為什麼不和我們商量？」

聽到女兒不知道的一面，伯父顯得很震驚。

這個人果然很喜歡女兒，由於愛她而保護過度。

在我面前，他可能硬撐著面子，但心中或許對我和夜華擁抱的場面相當火大。

真是擅長擺撲克臉的人。

「對於自己真正的困擾，不是很難向父母啟齒嗎？而且是關於性格和感性的煩惱，父母介入未必就能解決。」

「正因為我們分開生活，我自認有盡可能聽她說話，但是……」

「夜華很聰明，不會讓父母起疑心。」

我指出另一點父母認知上的偏差。

「她回答我們的問題時所說的學校生活，都是編出來的嗎？」

「嗯～那是指什麼時期呢？小學、國中，還是高中？」

我刻意像誇示情報量般給出選項。

將夜華和亞里亞小姐說過的話綜合在一起，也可以解釋父母沒有看到的一面。

「把你知道的一切都告訴我。」

伯父已經完全停止喝酒了。

「與雙親分開生活時的夜華是小學高年級生，當然會感到寂寞。另一方面姊姊亞里亞小姐是國中生，不說內心想法，她會在妹妹夜華面前表現得不在意吧。夜華憧憬亞里亞小姐，一直以來都透過模仿她來排遣寂寞。」

「妹妹模仿姊姊不是理所當然的嗎？她們兩個從以前開始感情就很好。」

「只要模仿像亞里亞小姐一樣擅長與他人溝通的人，夜華也會有更多與人交流的故事吧。不會缺少說給父母聽的話題。」

「在她升上國中後，情況怎麼樣了？」

「她和周遭的人都進入青春期，人際關係變得比至今更為複雜，難度也提高了。青澀孩子之間的互動常有出乎意料的狀況，夜華光靠模仿姊姊漸漸無法應對。向姊姊尋求建議也不是根本的解決辦法。因為亞里亞小姐和夜華的性格不一樣。持續做不符合性格的事情，自然會累積壓力。」

「在我們見面的時候，她明明都沒有表現出來。」

伯父的表情轉眼間變得苦澀。

他腦海中彷彿浮現了幼小的夜華哭泣的畫面。

「在相隔許久後見到雙親讓她很高興，當然會打起精神。因為她喜歡你們。」

「亞里亞也曾經跟我們商量過，說夜華在勉強自己……那麼，你是如何與我女兒變親近的呢？」

「我一開始也只是為了班長的工作而接觸她。」

我若無其事地揭露事實。

「什麼？」

「班導師神崎老師拜託我支援她，我不情願地去找她說話。當我前往她在學校內躲避的地點美術準備室，她每次對我的態度都很凶。」

回想起來，我不禁笑出來。

被人近乎痛罵地劈頭蓋臉嗆聲，一般來說都會不高興而想要逃跑。

「……由這種情況發展到交往，你是用了什麼魔法？」

「她是我命中註定的對象。」

「由於職業性質，我不相信那種事情。」

伯父態度堅決，不理會秀恩愛的說法。

「——因為夜華是個好女孩不是嗎？看到那麼好的女孩遇到困難，當然會想幫助她。當我試著與她說話，發現我們意外地聊得很起勁，那段時間非常愉快。在發現是膽小的反作用使她脫口說出尖刻的話以後，我反倒漸漸覺得看到那種反應很有趣。而且，她本人在脫口而出後會後悔，這也很可愛。瀨名希墨就是這樣喜歡上了有坂夜華的一切。」

與我相遇，夜華累積了許多經驗。開始交往後，也遇到過種種麻煩。每次她都跨越了難關。

『我覺得軟弱的自己好沒出息，我好不甘心，好煩躁。』

在夏季旅行的最後時分，我們兩人一起前往清晨的海邊。夜華在那裡邊哭邊生氣。

『欸，希墨。我想要成長。我想變得強大到足以守護心愛的人。』

緊接著夜華就如同宣言般，精彩地辦好了文化祭。

我覺得這樣的夜華惹人憐愛又令人驕傲。

「……這樣嗎。謝謝你喜歡上我女兒。」

伯父臉上浮現深具韻味的微笑。

「只看面對家人時的夜華感覺和從前一樣，不過夜華正確實地成長著。那個對任何人都沒有笑容的女生變得情緒非常豐富，現在會和朋友一起歡笑。您看過文化祭的照片吧？那就是現在的夜華。」

她已不再畏懼他人。

即使面對困難，也能跟他人攜手挑戰。

她不再是一個人。有我在，也有朋友。

「我在這裡想說的只有一件事。請您看看現在的夜華。父母擔心的是孩子在顧不到的地方是否做得好吧？夜華正做得很好。請您更加信任她。」

「────」

「即使失敗，也會一再給予支持，這不就是家人嗎？如果家人不能作為最大的夥伴互相信任，那不是很悲傷嗎？」

夜華甚至連曾是憧憬對象的亞里亞小姐都吵過架。

她們互相溝通、互相了解，然後再度作為家人互相關愛。

她們的雙親也相信年幼的孩子們所說的話，選擇分開生活。

一切未必都會順利進行，偶爾也會發生失敗吧。

即使如此，家庭的歷史在改變中繼續下去。

「所以，不要把現在的夜華帶去美國？」

伯父明確地問。這可能是第一次也是最後一次的商量。

「如果發生什麼問題，我就在隨時可以過去幫忙的距離內。所以請別帶走夜華，把她託付給我。我一定會守護她。」

漫長的沉默。

深深的閉上眼睛後，伯父如此說道。

「——無償的愛嗎。簡直像家人呢。」

伯父有些不甘心地在最後這麼說。

◇◇◇

「明天吃完早餐後，我想再和夜華談談。」

離開酒吧時，伯父這麼說。

當我回到房間，棉被已經鋪好了。

我倒臥在棉被上。體驗著棉被漿過的觸感，吐出呼吸。

疲勞感一口氣湧上，我腦袋發昏。

我看看手機，瀨名會的LINE群組裡貼了照片。

大家唱完歌後，好像到附近的公園堆了雪人。

歡樂的照片讓我不禁心情寧靜。

我決定在直接睡著前去洗澡。

房間附有漂亮的室內浴池，但難得有機會，我換上浴衣前往大浴場。

當我沖洗過身體來到露天浴池，雪花仍在紛紛飄落。而且很巧地是包場狀態。

空氣非常寒冷，多虧身體直到肩頭都泡在溫泉中，這樣的溫度正好。

周圍一片寂靜，只有溫泉的流水聲。

我茫然地望著逐漸消失在夜色中的熱氣，全身逐漸放鬆力道。

「真是個不可思議的新年。」

我本來以為，與夜華的雙親見面會是更久以後的事情。

當意識恢復清晰，我回顧先前在酒吧的對話。

「我做了我能做到的吧。」

我想我已經傳達了該傳達的事情。

結果，赴美國一事在那個場合依然擱置未決。

最後的決定多半會在明天早晨做出來吧。

一切都會做個了結。

如果要與夜華分離，剩下的高中生活會怎麼樣呢？偶爾跟瀨名會的成員們出遊，投入所有時間準備大考，在考完大學後馬上畢業。

也會跟永聖高級中學這所學校說再見。

畢業後，大家會走上各自的未來之路，在努力中逐漸成長。
我也會在日本度過身為大學生的日常生活吧。
像現在一樣繼續傳訊息互動。
日本和美國有時差，打電話給她，早起會變得有點吃力吧。
打工賺錢，在放長假去美國玩。
盡可能增加見面的頻率。
對了，最好也要學習英文。懂得說英文比較方便，對於求職或許也會派上用場。看來我的大學生活也會意外地忙碌起來。
就算變成遠距離戀愛，她也有可能在數年後回日本。
從漫長的人生來看，這段期間或許只是短短的一瞬間。
我就像這樣，拚命地想像變成遠距離戀愛時一廂情願的推測。
「戀愛是愛上的人就輸了，原來是真的啊。」
我明白夜華的父親擔心的理由了。
他關心我是出於溫柔。
即使夜華不在日本，我的生活也以夜華為中心運轉。
在我想像的生活中，我被有坂夜華這個空缺所擺布。
只要有愛就能克服。

嘴巴說起來簡單，但真的做得到嗎？

——我有辦法過好沒有妳的日子嗎？

「…………我做不到。」

我抬頭仰望，夜空被厚厚的雲層完全覆蓋。

看不見優美的月亮。

如果夜華去了遠方，我們就連仰望同一個月亮，呢喃愛語都做不到。

與她交往後的日子是那麼快樂，我在那之前是怎麼生活的呢？

我無想像夜華離去。

從臉頰滑落的水珠是單純的水滴？汗水？還是眼淚呢？

我一直努力不去思考。因為一旦意識到，我就幾乎要發狂。

先前壓抑的不安及恐懼一口氣滿溢而出。

不好的想像止不住地冒出來。

環境的變化也會對心靈造成影響。

我們也有可能由於其他原因輕易地分手。

此時此地應該存在的愛情，或許會比吹熄蠟燭更輕易地消失。

如果有這般殘酷的現實在未來等待，就讓時間在此停止吧。

不長大成人也無所謂，請讓我就這樣和夜華在一起。

寂寞膨脹，愛令我的胸口抽緊。
那個存在太過龐大，我不知道失去夜華的自己會怎麼樣。
啊啊，不行。我先前在逞強，但已經到了極限。
我哭了。眼淚止不住地流下。
我赤裸著身體，簡直像個嬰兒般抽噎哭泣。
請給這份愛希望，請給這份愛祝福。
我難看地喊出聲，幾乎為這令人憂愁的現實感到絕望。
我希望有人立刻來拯救我快被離別的預感摧毀的心。
我想摀住耳朵，逃離到某個地方。
我知道只是像這樣流淚並無法改變現實。
我不能再當個小孩子了。
可是，我也還沒成為堅強的大人。
唯獨現在，請原諒軟弱的自己，好讓我至少有辦法在最後一刻虛張聲勢。

◇◇◇

我在如全身水分擠乾般的狀態離開浴池。

在充分補充水分解渴休息後，身心終於平靜下來。

「歡迎回來。在浴池暖過身體了嗎？」

當我回到房間，穿著浴衣的夜華在門口等我。

她披著半纏，頭髮隨意地紮起，一副在溫泉旅館裡的模樣。

「怎麼在這種時間過來了？」

「我想和你聊一下。讓我進去吧。」

夜華已經恢復平靜。

「這個……」

在鋪著棉被的地方和女孩子兩人獨處，各方面都不太妙。

承蒙她的雙親特地為我訂房間，我對於邀請他們的寶貝女兒進去感到遲疑。

自從聖誕派對後，我在不知不覺間遺忘了讓我煩惱不已的邪念。

「爸爸聯絡我，說要在明天早上再談最後一次。我想在那之前問問你跟他談過什麼。」

「啊～原來是這樣嗎。」

也許是泡昏頭了，我總覺得腦筋還反應不過來。

我和夜華一起走進房間。

間接照明的暖色系燈光柔和的照亮室內。

「抱歉，那麼晚過來。你的表情看起來好疲倦。」

「因為今天是很漫長的一天。而且露天浴池很氣派，我有點泡太久了。」
「你有好好補充水分嗎？」
「我喝了比平常更多的水，沒問題。」
「你出了那麼多汗嗎？」
「就是這樣。」我輕笑著回答。
不要緊，我確實恢復了自己平常的樣子。
「比起這個，妳獨自溜出房間沒關係嗎？」
「姊姊回來後在房間裡的浴室待了很久，出來以後立刻去睡覺了。」
「……這樣嗎。」
我覺得我躺下來會立刻睡著，因此靠著棉被旁邊的桌子坐下來。
「我可以坐在你旁邊嗎？」
「當然可以。」
夜華緩緩地走過來，緊貼在我身邊。
「像這樣兩個人靜靜待在一起，今年還是第一次呢。」
光是這樣就讓夜華顯得很高興。
「你在重逢的瞬間就給了我一個熱烈的擁抱呢。」
「因為我沒想到希墨會來。我最初還一度懷疑過，可能是我太想念你，看到了幻覺。」

「我也缺乏夜華缺乏得快死了。」我握住她的手。

那隻手上現在也戴著我當禮物送給她的戒指。

就和在美術準備室的時候一樣。不管理智怎麼踩煞車，只要情人在身邊，就會不由得想去碰觸。

「感覺好安心。」

「那我就不客氣了。」

「如果我可以療癒你的話，儘管過來吧。」

我輕輕把頭靠在夜華的肩頭。洗髮精的香味感覺比平常更強烈。

「希墨的味道感覺和平常不一樣。」

「因為我是臨時想到跑過來的。」

除了身上穿的衣服，我只帶了錢包、手機和鑰匙。

「感覺有點新鮮。而且是在跟平時不同的地方，像這樣兩人獨處。」

「溫泉旅行的夢想以意外的形式輕鬆實現了啊。」

「對吧，好意外！」

隨著夜華比出手勢的動作，她的胸部撞到我的手臂。好柔軟。

我不由得被白皙的乳溝吸引了目光。

進入寒冷的季節開始穿著厚實衣物後，我感覺有很久沒看過了。

「……希墨這個色鬼。」

「這是男人的天性。抱歉。」

「……感覺你沒精打采的耶？好像跟疲倦不太一樣。」

夜華輕易地看穿了我。

是我身上還殘留著在浴池哭泣的餘韻吧。

「難不成是爸爸對你說了狠話？」

她歉疚地臉上蒙上陰影。

「他反倒很關心我。」

「真的嗎？沒有講一堆道理駁倒你嗎？」

從說話方式來看，她似乎對晚餐時的事情耿耿於懷。

「唉，如果夜華跟以前一樣，很難打動伯父的心吧。」

如果不幫她轉換心態，明天將會再次上演與至今相同的發展而結束。

我把我們在酒吧裡所談的內容說明過後，將我的密計告訴夜華。

「咦，那樣做就可以了？」

夜華露出驚訝的表情。

「總比情緒化的突擊來得好。」

「別把我講得像山豬一樣。」

「夜華太依靠情緒化的爆發力了。妳明白這對伯父並不管用吧。」

我刻意斷言。

「可是，不會太普通嗎？」

她好像對於我傳授的密技沒什麼把握。

「妳無法信任我嗎？」

「我對你反倒只有信任。可是，對手是爸爸……」

「夜華，伯父不是敵人。他想要理解妳這個女兒。他只是想打從心底感到安心。」

我這麼提醒。

「回想起文化祭的舞台吧。那時為什麼妳面對大量觀眾也不緊張，能夠非常專注在演奏上呢？」

夜華不擅長面對他人的視線，明明有演奏技巧卻無法在眾人面前發揮本領，對此感到苦惱。

但是她在正式表演時展現了比練習時更精湛的演奏，迷倒了觀眾們。

我促使她想起來那個關鍵是什麼，讓她產生自覺。

「當時我一心只想著希墨。這讓我得以保持冷靜。」

她的回答純情又可愛。

「妳還替我重新打了領帶。」

在會場狂熱的氣氛中，她展現了冷靜的體貼。

受到情緒擺布是做不出那種舉動的。

沒問題。這一次也一樣，若是夜華就做得到。

「妳就同樣地想著我吧。這次我也陪妳一起。妳不是一個人。我求過婚了。接下來只剩兩個人一起去徵求妳的雙親同意。」

雖然說得誇張，這就是我的心境。

「嗯。我會努力。我絕對不想和希墨分開。」

夜華這麼說著，抱住了我。

我也像平常一樣，把手臂環在她背上。

我們就這樣順著重力一起倒在棉被上。

棉被的柔軟觸感與夜華體溫好舒服。

「上次有這種感覺，還是在希墨家過夜的時候呢。」

「早上醒來時發現妳躺在身旁，嚇了我一跳。」

「你不喜歡嗎？」

「怎麼可能。只是刺激太強了。」

「欸，耳朵靠過來一下。」

夜華的臉龐湊過來，對我說悄悄話。

「……那個，其實是我在深夜主動鑽進你身旁的喔。」

夜華害羞地的揭露這樣的祕密。

呢喃的吐息讓耳朵發癢。

那惱人的刺激和甜蜜的告白，太足以引起我的衝動。

我一隻手滑過夜華纖細的手臂，握住她的手。

就像不讓她逃開，緊抓住不放般。

我們唇瓣交疊。

一開始親吻得很溫柔，自然地變得越發激烈。

我們的舌頭交纏在一起，彷彿在深深地品嚐對方，像在交換唾液般地熱吻著嘴唇。

我將臉貼近她的脖子。

我以將觸未觸的距離輕輕地用嘴唇撫過肌膚。

耳邊、脖子、肩膀、鎖骨，當嘴唇每次碰觸，夜華都會小聲輕呼。

光是這樣就讓敏感的身體像彈跳般做出坦率的反應。

每一次，她握著我的手的力道都猛然加重。

她拚命想忍耐刺激，自然地抬起膝蓋，我抬腿從上方壓住她的膝蓋。從浴衣露出來的大腿光滑的觸感好舒服。

配合臉龐逐漸向下的動作，我環在她背後的另一隻手也往下伸。

手像在仔細檢查腰有多細般貼在她的腰際，然後到達了屁股。我用手掌觸摸，好好品嚐屁股的彈性和大小。

每當夜華扭動身體，身上的浴衣就變得凌亂，胸口敞開。露出的乳溝微微滲著汗，甜美的香味讓我頭暈目眩。

我直接緊抱住她，把臉埋在她的胸口。

大而柔軟得令人驚訝。

「希墨好像小嬰兒呢。」

「這樣本能的讓人平靜呀。」

我就這麼呆了一會兒。

夜華疼愛地摸摸我的頭。

像這樣被包裹在心愛的人的溫暖中，比起興奮更強烈的安心感擴散開來。

我想永遠被那種幸福的感覺填滿。

「睡著了。」

他在抱著我的時候睡著了。

他應該一直很緊張，也累了吧。

他特地在下雪天從東京前來。在我遇到危機時，他總是會趕到。

我心愛的人。

因為有他在，我得以改變。

「一直以來謝謝你了。」

他表情安穩地發出睡夢中的鼻息。

心愛的男人在臂彎中露出不設防的模樣，滿足了我身為女性的母性。

我們離得很近，所以能夠碰觸得到。

我不想放棄那份喜悅。

我一刻也不想錯過能與心上人兩情相悅的奇蹟。

我的答案總是很簡單。

只要遵循對他的喜歡這份心情就夠了。

光是這麼做，就能讓我變得堅強。

我也想回應他的一切。

「和你在一起就是我的幸福。」

第十一話　不想變成回憶

別了，希墨。
夜華這麼說著離去了。
不管我再怎麼呼喊，她也沒有回頭看我，背影漸行漸遠。
於是，我再也看不到她的身影。
「——夜華！」
我睜開眼睛，面對陌生的天花板。
我一瞬間不知道自己身在何處，差點陷入混亂，但立刻回想起狀況。
「別讓我夢到最糟糕的夢啊。」
得知是夢，我放下心來。
我吐出一口氣，準備重新蓋上被子再睡一會，忽然發現。
「咦，夜華好像有來我的房間……」
我不記得自己是什麼時候睡著的。
從露天浴池回來後看到夜華站在門口，我們談著談著，兩人一起倒在棉被上。然後——

「咦，我做了嗎？」

我們終於跨越男女的界線了嗎？

我慌忙地掀開棉被，發現內褲還好好地穿在身上，沒有赤身裸體。在我身上和周遭都沒找到那種痕跡。

看樣子我只是普通地睡了一覺。總之我先坐了起來。

「夜華到房間來也是作夢嗎？」

我疑惑地想，可是碰觸她的感覺實在太過鮮明。

我望向桌子，上面擺著夜華手寫的字條。

謝謝你，你明明很累了還陪我聊聊。多虧了你，我打起精神了。我先回房間了。明天見。

夜華

「不是夢……不是夢～～」

我忍不住當場抱著腦袋。

「我為什麼睡著了啊。」

這是我人生中最大的失誤。

睡眠的需求在那種時機超越了性慾，真的假的。在這種場合才要發揮年輕與衝勁吧。不是應該讓年輕的性慾爆發嗎？

這種難以言喻的心情是什麼。

遠超過聖誕派對時的程度。

我在只差一步的時候，居然睡著了。

該說真可惜呢，還是幸好沒有勉強呢？還是很遺憾呢？

身為男人複雜的情緒在心中盤旋，但我同時笑了出來。

「沒關係。我很習慣被要求等待。」

在等待告白回應的春假，我一直坐立不安。

與當時相比，這算小意思。

這麼一想，我感到心情奇妙地神清氣爽。

不管是哭是笑，今天都會做個了結。

焦慮也沒有用。

我拉開拉門。

一片耀眼的銀白世界在窗外展開。

雪沒有昨晚下得大，靜靜落下白色的顆粒花反射晨光。

我一心祈禱這片美麗的雪景不會被悲傷的記憶覆蓋。

我看看手機，時間還早。

在和平常不同的地方睡覺，即使沒有映強制叫我起床，也會早早醒過來。

對了，我在夏天旅行時也難得早起，在早上去泡澡時發生了麻煩。

「今天早上就用室內浴池吧。」

昨晚有去過露天浴池就夠了。

我決定先沖洗掉作惡夢時冒出的汗水。

距離吃早餐還有充裕的時間。

希墨：早安。今天天氣真好。晚點見。

我像平常一樣傳訊息給夜華後，先前往房間內的浴池。

◇◇◇

由於是高級旅館，早餐也是豐盛的和風料理。

充分享用過美味的餐點後，我休息了一會。現在是一月三日，電視上播放著新年特別節目。

我隨意看看節目，喝完餐後的綠茶後，提早前往大廳。

我想去商店看看伴手禮，看到夜華已經在大廳等候。

「早安，希墨。睡得好嗎？」

「多虧了妳，我睡得很熟，連什麼時候睡著了都不記得。」

「你昨晚像個小嬰兒一樣喔。」
夜華並不害羞，笑著說道。
她看來既不緊張也不氣勢洶洶。
「聽妳這麼說好難為情。」
「我更難為情耶。」
夜華小聲地抱怨。
「是邀請的人不好。」
「是撲上來的人不好。」
「抱歉，我睡著了。」
「我覺得很療癒，原諒你吧。」
「我也是。」
我們目光交會。彼此都在想我們一大早就在講什麼啊。
這種無聊的互動讓人滿心憐愛。
「爸爸和媽媽在喝茶室。」
「讓他們等候也不好，我們趕快過去吧。」
當我伸出手，夜華輕輕地握住。
「姊姊說她會在別處等候我們談完。」

「她不在，妳會不安嗎？」

「這是我們的問題。」

她的側臉看來前所未有的成熟。

走在旅館走廊上，我隨口發問。

「欸，夜華。妳認為對我而言最大的危機是在哪裡呢？」

「不是現在？」

她探頭注視我的表情帶著一絲不安。

「不用想得那麼認真。只是閒聊而已。」

夜華思考了一會，一瞬間皺起眉頭後回答。

「是四月時，我短暫地提出過分手的事嗎？」

「在我打從心底難受不已這個意思上，沒有說錯。」

我不禁笑了。她好像還很在意。

「是我在黃金週去旅行時，紗夕向你告白嗎？」

「我的確很吃驚，但我的心意從一開始就沒變過。」

「是七月當神崎老師的代理男友？」

「那件事在另一種意義上非常辛苦啊。我很緊張，而且亂來也該有個限度。」

由於全都猜錯了，夜華顯得有點不甘心。

她好像無論如何都想猜中，在猶豫過後說出這樣的回答。

「……是你在樂團集訓後，去找支倉同學嗎？」

「那就和今天一樣。總有一天得做個了結。不過，不是。」

「那麼，果然是文化祭的現場表演？」

「那的確是我在肉體上最難受的時候。」

「是你在舞台上向我求婚的時候？」

「當時我很緊張，但沒遇到危機吧。」

「是我很善妒？我並非不信任希墨喔。非愛情喜劇三原則果然很沉重嗎？」

「妳反而可以更加愛我喔。」

繞過走廊轉角時，我偷襲地親吻了她。

「我想不出來了。告訴我答案！」

夜華像投降似的直盯著我。

「——向有坂夜華告白的時候。」

「咦？」

完全出乎意料的答案讓夜華瞪大眼睛。

「為什麼？我答應了告白，不是迎來了快樂結局嗎？是我讓你等候答覆，害你產生心理陰影嗎？」

「我等待得很有價值吧。所以我才會在這裡。」

「那麼，為什麼？」

「我看過很多次妳對他人的告白感到厭煩，所以我覺得或許會造成妳的困擾。」

「因為當時我連和人交談都覺得討厭。」

「——我向妳告白，代表做出妳不喜歡的事情。在傳達心意前，我煩惱得要命。認真向喜歡的人告白需要勇氣，我擔心告白可能會讓妳厭惡我。最重要是，我認為我有九成九的機率會被拒絕。」

「就算如此，希墨仍向我告白，我的人生因此而改變。」

「我也是。」

我深深體會著現在這個奇蹟，告訴她問題的答案。

「——夜華本來是會成為一段回憶的人。是我高中時代憧憬的美女。青春時代的單戀。在有一天長大成人，無意間回顧高中時期時，我會回想起來。在酸酸甜甜的記憶中，那不會褪色的美麗女孩。我會想著，當時喜歡過的有坂同學如今在何處、在做什麼呢？她已經結婚了嗎？在開同學會時尋找妳的身影，然而妳一定不會參加。一旦畢業後，就再也見不到妳，如幻影一般。」

「可是，我和你像這樣聯繫在一起了。」

夜華舉起我們牽在一起的手。從窗外照射進來的朝陽，照耀她的戒指。

「對我來說，有坂夜華曾高不可攀。是我的憧憬，如夢一般的存在。光是能遇見這樣的人已經很幸福，妳還答應我的告白，我成為妳兩情相悅的情人。我不想和妳分開，我再也不想放手。直到遙遠的未來，直到死前最後一瞬間——不，就算死去，我也會繼續愛妳。」

我不希望夜華變成回憶。

「這是第二次求婚嗎？」

「從今以後，我會說很多次喔。只要妳為此露出笑容的話。」

在我身旁的情人，露出如櫻花盛開般的笑容。

◇◇◇

她的雙親在位於旅館一角的喝茶室內等著我們。

咖啡豆的香味刺激鼻腔。裝潢以木頭為基調，看來是由建築物的一個房間翻修而成。沉穩的氣氛很適合用來休憩。

「你們在室內也牽手嗎？」

「這不是很美好嗎？感情好是好事。」

看到我和夜華，他們兩位的反應正如我所料。

我和夜華隔著桌面，在他們對面坐下。

服務生立刻送來水、擦手巾與菜單。

「請給我一杯熱咖啡。」

「我也一樣。」

在店員回答「好的」並離開後，我先表達謝意。

「這次感謝兩位的各種關照。房間很漂亮，景觀也很好，早餐非常可口。」

「彼此彼此。謝謝你告訴我許多我所不知道的關於夜華的事。」

伯母臉上浮現和昨晚一樣的柔和表情。

「昨晚讓你陪我談得很晚，不好意思。你去過露天浴池了嗎？」

「是。我在回房後去過了。我幸運地以包場狀態享受了溫泉。」

「那就好。」

伯父在晨光下看起來，也給人比昨夜沉穩幾分的印象。

有一會兒，我們兩名男性在一旁默默地聽著夜華和伯母的對話。

我和夜華的咖啡送了上來。

伯父喝了一口先點的咖啡，靜靜地切入話題。

「好了，他告訴我許多關於夜華在學校中的事情。能聽到女兒我所不知道的一面，有許多讓我驚訝之處，作為家長，也讓我有所醒悟。我也承認我對夜華有著誤解。我這個作爸爸的也有錯。」

「嗯。」

夜華僵硬地點點頭。

「在這個前提上，我認為如果為了未來考慮，夜華應該和我們一起去美國這個想法沒有錯。」

一聽到那句話，夜華生氣地想要反駁。

我在她開口前，在桌子底下握住她的手。

光是這樣，夜華正要前傾的背脊靠回了椅背上。

我代替她說道。

「我十分清楚這是有坂家的問題。雖然覺得外人插嘴很冒昧，但我還是要說。」

我已經想好了應該說的話。

這裡是對於我和夜華來說人生最大的岔路口。

我們的命運會受到這一瞬間的結果大幅左右。

即使兩情相悅的戀情堅定不移，我們正面臨兩人一輩子共度的時光會被奪走一部分的緊要關頭。

在這裡失敗會確實影響到兩人的關係。

認為有堅定不移的愛就能克服一切困難是種幻想。

愛不是萬能的。

無論抱著多麼強烈的感情，有時候事情也會不順利。

現實並不容易。

即使拚命努力，也未必全都能獲得回報。

我們還是孩子。

往往甚至不被允許為魯莽的挑戰自行承擔責任。

儘管如此，這是我們堅定不移的決定。

「對我來說，夜華正是未來的家人。我不是會默默坐視我與重要的家人被拆散的膽小鬼。就像兩位深愛女兒，我也深愛未來的伴侶。唯獨這一點，我不會輸給兩位。」

既然伯父被夜華過去的形象所束縛，我就以未來角度來談吧。

「高中生要怎麼保證未來？」

他刻意拋出我無法馬上證明的刁難問題。

「老公？」「爸爸！」

「妳們別插嘴。」

當深愛家人的父親嚴厲喝斥，兩人只能閉上嘴巴。

「竟然敢這樣大言不慚，你應該有相應的答案吧？自己的發言是伴隨責任的。光是靠衝動訴諸於感情可不管用喔。」

伯父像變了個人一樣，用威壓的態度考驗我。

「正如您所言，我只是個高中生。讀大學與就業都是未來的事，在社會上還沒有能讓大人點頭的實際成績。不過，只有一件事。那是任何人都無法模仿，只有我做得到事情。」

「說出來吧。」

「——我找回了有坂夜華的笑容。」

瀨名希墨可以有自信地說出來的事情。

就是她在跟別人相處時，也能露出笑容了。

對於與他人的關係感到壓力，害怕受傷而把人推開的笨拙女孩。

明明總是一臉不高興，卻連那種表情都很美麗，吸引周遭的目光。她甚至對此都感到不快，放學後就關在美術準備室裡。

可是，如果真的厭惡他人，沒必要放學後留在學校內。

對他人不抱期待、死心、放棄，選擇完全的孤獨會更輕鬆。

在如今的時代，獨自一人也能生活下去。

符合社會的價值觀並非義務。

科技的進步，讓人們不需外出也可以生活。

透過減少溝通量而獲得的安寧無疑是存在的吧。

在這個前提下，她刻意置身於不上不下的狀態必然有著理由。
我認為她是在沒有人會去的地方，等待有人前來。
因為自己一個人無法改變，她希望有人幫助她做改變。
此時，我出現了。
我是最早出現的某個人，她與他人之間的橋梁角色。
我成為她可以放鬆聊天的對象，如今是重要的情人。
我不再讓她獨自在美術準備室裡等待。
我將她帶往只有兩人的世界之外。
如果有現實傷害她，我會保護她。
我們是兩情相悅的情人。
「以我為契機，夜華再度變得積極地與他人交流。這是其他同學與老師，甚至是家人都沒做到的事情。」
「那是你的傲慢。你自己不也說過嗎。你應該也是為了工作而接觸我女兒。那只不過是巧合。認為成為情人的自己是特別的，這種想法太不成熟了。」
「不成熟很好。」
我沒有退讓。
如果我在這裡被大人的邏輯影響，夜華也會沒辦法再說什麼。

只有其中一方是不行的。

我和夜華兩個人一起面對是有意義的。

「現在可能很特別，但是長大以後，學生時代會化為遙遠的記憶。會忘掉那種戀愛的熱情與感覺，變成單純的回憶。」

每個人以前都曾是孩子。

他經歷過許多次眼見年輕時特別的事物褪色失去熱情的經驗吧。

伯父試圖從大人的立場教導我這一點。

不要貿然著迷深陷。在失去的時候，受傷的人是你們自己。

「——我是個平凡的男人。雖然我平凡，但對她而言是特別的男人。」

「我很感謝你。只是，這麼早就以彼此的存在束縛未來的人生——」

「如果繼續否定，您身為父親就做錯了。那是拿身為父母的關愛當藉口，否決女兒心願的錯誤判斷。您會犯下被女兒怨恨一輩子的重大錯誤。」

「人生可沒有輕鬆到靠什麼戀愛就能一輩子過得幸福。」

我們雙方一定都不是百分百正確的。

即使可以回顧過去，任何人都不可能看到未來。

只能從當下的現實一步一步前進，去確認未來。

「爸爸。這樣不對。」

聽著我和伯父對話的夜華終於開口。

「我很高興你為我擔心。也理解因為我們一直分隔兩地，你會更加在意我。對不起，我總是說情緒化的話。我想那是因為我是個孩子。」

夜華的表情很平靜。

沒有不必要的緊張，但從眼神可以感受到明確的意志。

「我覺得父母擔心孩子的未來是當然的。但是，具有財力、外表與頭銜，能使大人感到放心的人可以取代，貼近我的心靈的人卻只有希墨。」

這是夜華的人生。

「我也想回到有爸爸和媽媽在的家。換成以前的我，會毫不猶豫地這麼做。然而對我來說，我想回去的地方已經是希墨所在的地方了。」

最後擁有決定權的人應該是夜華本人。

「因為有希墨在，讓我能夠改變。與他兩情相悅得到幸福。種種煩惱減輕，生活變得愉快起來。我能感覺到心靈的自由，每一天變得平靜安寧。有他陪在身邊，使我可以這麼覺得。」

光靠別人準備的幸福無法滿足。

也有幸福是從自己獲得的事物中尋覓到的。

正確答案由自己來決定就行了。

「他是個好男人。是比全世界任何人都更讓我幸福的人。而且，我也想支持他。不僅是現在，我想在未來漫長的人生中一直在他身邊生活下去。我想做的事情，是和他成為一家人得到幸福。」

那是遠在我們開始交往前的事。

在前往美術準備室收拾從架子上掉落的油畫時，我對夜華這麼說過。

『……有坂不清楚自己的欲求呢。』

她一直把我的指摘當作對自己提出的問題懷抱在心中，直到今天吧。

我們的關係會以在學生時代回憶中的一場戀愛告終嗎？

在戀愛的未來，會作為人生伴侶生活下去嗎？

我們本是陌生人，但可以成為彼此關愛的一家人。

「所以求求你，不要拆散我和心愛的人。」

夜華好好地找到了只屬於自己的答案。

「我也會為了她更加成長。我會盡可能變得獨當一面，保護好令嬡。得到兩位的認同。所以，請不要帶走她。求求你們。」

我們兩個直視著她的雙親。

一段漫長的沉默。

伯母想開口，但看著身旁的伯父，遲疑著沒有發言。

「爸爸，答應吧。我再也不想體驗與重要的人分開的寂寞。如果和希墨分開，我又會倒退回從前的自己。那種事我已經受夠了。」

夜華不再裝作若無其事。

她竭盡全力表達了自己誠實的心情。

「——身為父母，無法讓妳再次傷心啊。」

「咦？」

伯父以望向遠方的神情看著我們。

「人在愈缺乏自信時，愈會想依靠數字和實際成果。但是，唯有真正的感情才具備的熱情，有時比起道理更有說服力。讓人不可思議地想去相信。」

「因為女人遇見命中註定的對象，就會變得堅強。」

伯母對丈夫投以沉穩的笑容。

「和我結婚，妳也很幸福嗎？」

「那是當然的。和你生下兩個可愛的女兒，我過著最美好的人生。」

聽到愛妻的回答，始終保持撲克臉的伯父表情終於放鬆下來。

「——瀨名。」

伯父首度以姓氏稱呼我。

「是。」

「我可以相信你嗎？」

「我會用一生去證明！」

我感到那是我人生中最漫長的一段沉默。

「父母的戲份結束了。接下來就交給你了。」

我和夜華花了一些時間來消化話中的意思。

伯母看不下去地笑著說。

「你看，他們在傷腦筋呢。清楚地告訴他們吧。」

受到催促，伯父不情願地表明複雜的父母心。

「……我也需要做心理準備。我本來心想，如果這個男朋友不像樣，就把人趕走。但是昨天我們兩個男性單獨談話，讓我得知夜華選擇的對象是個好男人。是深愛著我女兒，誠實又值得信賴的青年。我的孩子沒有看錯人，身為父母，我很安心。」

「爸爸在工作上見識過各種人物喔。有他打包票保證，希墨前途無量呢。」

結論終於出來了。

「那麼，可以嗎？我可以留在日本。可以留在希墨身邊嗎？」

夜華用顫抖的聲音再度確認。

「嗯，夜華可以繼續在日本生活。」

「謝謝你，爸爸！」

母親也揭露她先前隱藏的真實想法。

「夜華，抱歉害妳這麼煩惱……其實覺得寂寞的人是我們。正因為對於和兩個女兒分開打從心底感到寂寞，我們認為這是可以再度一起共度時光的機會。因為這個緣故，爸爸才會像當起反派角色一樣。」

「已經沒關係了。我從小就知道，爸爸和媽媽很相愛。」

幾乎落淚的夜華笑了。

「不愧是我自豪的女兒。夜華也遇見了跟我們一樣喜歡的人呢。」

「嗯。別再擔心我了。我很幸福。」

我這才想起來，終於啜飲咖啡。溫度已降到適合入口的程度。

「聽好了。不許你們沒有父母盯著就沉溺於玩樂。總之事情要遵守順序來做。這是最低限度的約定。你們要好好地自大學畢業，就業——再來就自己負起責任，隨你們的意思去做。到那個時候，你們已經是獨當一面的成人了吧。」

伯父粗魯地叮囑。

一理解他最後補充的那句話的意思，我差點灑出咖啡。

「這意思是說，您同意我和夜華結婚嗎？」

這次輪到我慌張不已地確認。

「這是你在酒吧自己提出來的吧。那是騙人的嗎？」

「我是認真的！我會給令嬡幸福的！」

我不禁激動地大喊。

夜華和伯母也露出相似的表情又驚又喜。

「如果你敢傷害我女兒，我可不會饒過你。不管要拋下多大規模的談判，我都會回日本。」

伯父用低沉的聲調悄然地說。

從他反過來宣言為了女兒會不惜拋下工作回國來看，伯父並非工作狂。

正因為他是有人情味的父親，我明白他的同意分量貨真價實。

「那是當然的。我對夜華一心一意。」

「就算你拒絕，我也會反過來到處追逐你喔。」

「無所謂。我願意把人生奉獻給夜華。」

「你還真有自信。」

對於自認平凡普通的我來說，自信是和我的人生最無緣的詞彙。

不過，現在我可以坦率地承認。

「我會用一生去愛喜歡的女性。這是我的願望。」

「……我女兒有幸得到了良緣。」

「對我來說也一樣。」

「你還是高中生的事實沒有改變。以後也繼續努力，別讓這孩子放棄你。」
「我怎麼可能會厭倦希墨！」
當夜華終於忍不下去生氣，那孩子氣的反應看得雙親都笑了。
伯父最後那句話，與其說出自女兒的父親，更像是男人給男人的建議。
「好，我一定會的。」
切實感受到他託付給我的東西分量有多重，我打起精神。
我沒辦法立刻成為大人。
不過，如同季節變化般，我們也會在不知不覺間逐漸長大成人。
為了在未來不感到後悔，我要珍惜當下這段時間生活下去。
最愛的人陪伴在身旁。
只有這份兩情相悅是不變的。

◇◇◇

有坂家的汽車在旅館門口等候。
當我們四人一起出現，亞里亞小姐從駕駛座衝了出來。
「——小夜，太好了！恭喜你們！」

亞里亞小姐從夜華的表情察覺她可以留在日本，哭著抱住妹妹。

「姊姊，很難受耶。」

「好了，讓我抱抱妳，妹妹！啊～我放心了。」

亞里亞小姐緊抱著她不放手，用抱個滿懷來確認妹妹的存在。

夜華也把手環到姊姊背後。

不需要言語。

從她高興的模樣來看，如果夜華要去美國，這對姊妹也會分離。

『別太早帶走我妹妹。我還想珍惜姊妹相處的時間。』

亞里亞小姐在除夕對我說過的話，是毫無虛假的真心話。

亞里亞小姐也是與雙親早早分離的女兒之一。

她曾有因為身為姊姊而忍耐的事情，也有過心中不安的瞬間吧。

因為有可愛的妹妹，她才能走到今天。

有坂姊妹之間的深厚羈絆是特別的。

「阿希，做得好！謝謝你。」

我也終於得以向亞里亞小姐報恩。

我覺得我會先遇見這個人，一定是為了這個瞬間。

總有一天，姊妹在不同地方生活的日子將會到來。

儘管如此，我成功地暫時保住了這個距離。

我請他們讓我在修善寺站下車。
「你真的要搭電車回去嗎？我送你回家，不用客氣喔。」
伯父在駕駛座上最後再一次這麼提議。
「我從新年就打擾了大家。我就和前來的時候一樣，獨自悠閒地搭電車回去吧。」
「希墨。我們會在日本待到三月，下次再一起吃飯吧。」
我很感激伯母的善意。
「好的，我很樂意。」
我想下次吃飯可以吃得比昨天放鬆許多。
「阿希，這些給你。這是到東京的車票和鐵路便當，你在回程吃吧！」
先行下車的有坂姊妹回來了。
亞里亞小姐把在車站商店購買的袋子遞給我。
「妳連車票都幫我買了嗎？」
「讓我向你表示一下謝意吧。伴手禮就送給你的家人吧。」
「那我感謝地收下了。映很喜歡這類東西，會很高興的。不過，便當是不是太多了？感覺有兩人份。」

分量以一個人吃來說太多了。

除了便當之外，還有伴手禮與零食、飲料，裝了滿滿一袋。

「爸爸、媽媽，我也要和希墨一起搭電車回去！」

夜華把最起碼的行李從車裡拿下來，然後如此告訴雙親。

「咦？夜華，妳在說什麼呀。」

「姊姊已經買了兩人份的車票。你看，電車五分鐘後就要開了，動作不快一點會趕不上。」

有坂姊妹在最後關頭發揮了絕妙的合作。

「啊，五分鐘後？」

夜華明知故犯地把兩張時刻緊迫的車票拿給我看。

真的沒時間了。

被她笑容滿面地這麼告知，雙親也只能露出苦笑。

「希墨，走吧！電車可不會等人！」

夜華牽起我的手。

「知道了！真的很感謝各位各方面的關照。再見。」

我再度轉向有坂家眾人，低頭道謝。

「夜華，家裡見。瀨名也要保重。」
「夜華，路上小心。希墨，期待下次見面。」
「阿希。小夜拜託你嘍！」
在有坂家的大家送行下，我和夜華奔向車站。
我們慌忙衝上車站月台，滑進電車車廂。
當我們在車票上標示的座位入座，電車立刻行駛。
我靠在座位的椅背上，總算能沉浸在趕上電車的安心感與各種解放感中。我為最後的衝刺耗盡剩餘的力氣，已經虛脫了。
「別在最後的最後來個驚喜啊。我真的很著急。」
「一切都很順利，所以沒關係！有了好結局！」
「對我而言，反倒覺得今天才是起點。」
「就算這樣，對我來說就像作夢一樣！」
夜華將頭靠在我的肩膀上。
「……妳可以留在日本了。」
「嗯。」
「也可以一起畢業。」
「希望升上高三也跟希墨同班。」

「如果去拜託神崎老師，應該可以連續兩年同班吧。」

「——連結婚都答應了呢。」

即使她重新用言語說出來，我也摸不著實感。

我持續感受到奇妙的輕飄飄心情。

那是好幾年以後的事情。

太過超高速的發展缺乏真實感。

像這樣提前安排，我們的人生逐漸填滿預定計畫。

正如夜華所說的，簡直像在作夢。

「希墨？」

「……自由好難啊。可以隨心所欲去做，但必須背負責任。」

我總覺得我終於明白離開父母的庇護，自力更生的意義。

同時也痛切感受到一直以來受到保護的可貴。

「希墨，你在擔心未來嗎？」

「感覺只有動手去做了。每個人一開始都只有滿腔熱誠，成果日後會隨努力而來，只需要相信自己展開行動而已。」

若要考慮負面因素，想找多少都找得出來。

如果擔心那種東西，一輩子都會動彈不得。

「希墨。從今以後我們是兩個人。我不會讓你單打獨鬥的。」

「真可靠。」

「因為我是希墨的新娘子啊。」

就像在說她絕不會放開一般，夜華握住我的手。

「——的確有兩個人才能克服的困難呢。」

去程明明是獨自一人，回程卻兩個人肩並肩。

僅僅是這樣，就讓我高興得像個傻瓜。

「希墨，謝謝你喜歡上我。」

夜華至今曾無數次向我表達過感謝。

在那些話語當中，這次的謝謝也是特別的。

我終於深深體會著可以看到心上人的笑容就在身邊的幸福。

「那是我的台詞。要感謝的人——」

我也準備道謝，夜華卻用纖細的手指按住我的嘴角。

「不，讓我說吧。因為希墨向我告白，我才沒有放棄自己。我很驚訝，光是對未來懷抱希望，心態就會變得如此振奮，如此積極。」

「目前這對我們來說已經足夠了吧。即使沒有根據，光是試著對明天懷抱期待，生活就會變得容易一點。」

「因為只要活著，煩惱就無窮無盡的。」

夜華的聲調充滿真情實感。

「這麼一想，夜華的雙親是大人物呢。他們認真地聽取無足輕重的小毛頭的意見，比起與女兒共度美國生活，更尊重夜華的願望。妳真的深受關愛。」

「我也愈來愈喜歡我的家人。」

「而且他們對我的求婚沒有一笑置之，甚至沒有把結婚這件事敷衍過去，給予了回覆。」

老實說，當時我滿腦子都在想著阻止她去美國，沒有餘力顧及其他事情。

我只不過是個高中生，我也不認為能徵得同意允許我們結婚。

那只是瀨名希墨的決心，實際的手續要等到了適合的時期再辦。

「我也確實聽到了喔。爸爸清楚地說過『你們自己負起責任，隨你們的意思去做』。媽媽就是證人。太好了！」

夜華的笑容是我從未見過的燦爛。

擺脫近兩個月來一直面臨的赴美壓力，值得慶賀地可以留在日本，還取得了同意我們結婚的承諾。

如果她的雙親打算變卦，這次即使被女兒宣布斷絕關係也無法抱怨。

「伯父的器量之大真是過人。真的好厲害。」

如果我站在同樣的立場，說得出那樣的話嗎？

同樣身為男人，那份覺悟和決斷力令我不禁心生尊重。

「希墨也很厲害喔。你就像是當我覺得困擾說不出話的時候，一定會來幫助我的英雄。」

「說成英雄太誇張了。」

「沒有錯喔。我曾認為愈重要的事情愈需要忍耐是理所當然的。人生並不容易，無法如願以償。我從一開始就認命地覺得，我一輩子都會因為自己不擅長的事情受折磨。但是遇見了你，得到你的喜歡，我也鼓起勇氣。我變得可以說出想說的話，可以去做想做的事。這份自由是你給予我的。」

「以後我們就像這樣一起享受自由的快樂與艱苦吧。我想那一定就是活出我們自己的人生。」

「嗯。若是和你在一起，我可以無所畏懼地活下去。」

我兩情相悅的情人（有坂夜華）表情平靜地微笑著。

我無法想像身旁沒有她的人生。

思慕要化為言語才有意義。

我要自豪地說。

這份愛值得賭上人生。

因為有特別的愛，讓我湧現挑戰人生困難的勇氣。

挑戰的結果，讓我們得以像這樣一起回歸心愛的日常生活。

我們將展望同一個未來生活下去。

我們在事後向瀨名會報告夜華會正式留在日本，大家決定舉辦新年會兼作為慶祝。

調整過行程後，我們決定在寒假的最後一天聚會。

反正從聚會隔天起就會在學校碰面，在隔天辦不就好了嗎？當我愚蠢地這麼提議，前幾天一起去唱歌和玩雪的大家回答，這樣子小映沒辦法參加。

我妹妹到底有多麼深深地抓住了我朋友們的心啊？

映的定位也不再是我妹妹，自己本身的人氣就很高。

上次缺席的我和夜華，平常的老班底和映，還有正式加入的叶與花菱，總共九名成員全部到齊。

大家一起上街，到運動娛樂設施活動身體，玩得很開心，又去電子遊樂場遊玩，不知為何在夾娃娃機台開始比賽男生當中誰能夾到最多娃娃。

特別沉浸在解脫感中的夜華始終興高采烈，真是一段快樂時光。

短暫但濃厚的寒假結束，進入第三學期。

神崎老師好像已經從亞里亞小姐那邊聽說情況，微笑著對我說「太好了」。短短三個月的最終學期。

正如我在除夕預料過的，瀨名家在一月的假日跑去滑雪旅行。

我家爸媽還是很寵映。我晚上在旅行目的地和夜華講電話，聽到她說『和希墨分開好寂寞』，差點惹哭了我。即使已經知道可以留在日本，她還是感到不安。由於電話講得太久，爸媽追根究柢地問了我一堆問題。他們好像相當在意兒子的戀愛狀況。

到了二月，度過熱鬧的情人節，跨越期末考後，迎來期待已久的教育旅行。

目的地是沖繩。

學習歷史與文化自不用說，不管怎麼講，重頭戲還是大海。

在南洋溫暖的氣候與解放的氛圍下，我們在美麗的大海上享受水上運動。不需等到夏天就能再度看到夜華穿泳裝，太幸運了。

高中時代的快樂回憶又增加了。

在三月的白色情人節結束時，寒意減輕，高中二年級終於結束。

櫻花的季節再度到來。

當校舍後方的櫻花開始綻放時，漸漸可以聽到跟去年的我一樣向意中人告白的消息。

自從我告白後經過了一年。

而在今天。夜華的雙親將再度返回美國。

我和夜華來到機場送行。
亞里亞小姐有大學研討會的聚會，今天很遺憾地缺席。
在出發前，我按照約定與他們一家人又吃了一頓飯。
在席間可以清楚地看出自從新年過後，父女吵架已順利平息的有坂家過著自家人親密相聚的和平時光。
即使一家人分開，也已經沒問題了。
「夜華，妳要保重身體。」
「爸爸和媽媽也是。好久沒這樣長期待在一起，我很開心喔。」
在出境大門前，一家人做最後的道別，擁抱在一起。
我在退後一步之處，注視著那一幕溫暖的景象。
「妳從現在跟我們一起走也無所謂喔。」
「我有希墨，不要緊的。所以爸爸，別再擔心了。」
聽到早知會是如此的回答，伯父一邊苦笑一邊看向我。
「連你也特地過來一趟，謝謝。」
「不會。今天我有想交給兩位的伴手禮。」
我把一個信封遞給他。
「你寫了信嗎？」

「是比信更有力的雄辯。請打開看看。」

我和夜華互相注視著對方的臉龐。

查看內容物後，伯父皺起眉頭，伯母露出笑容。

「——一般來說，會做到這種程度嗎？」

伯父完全措手不及的樣子，在傻眼之餘只能笑了笑。

信封裡裝的是已經填寫完畢的結婚申請書。

我和夜華事先寫好了必要項目。

「我想以有形的形式留下我的決心。」

「關於你的心意，我在新年時已經充分聽過了喔。」

傻眼的伯父看著結婚申請書聳聳肩，彷彿在說你就是這種地方青澀。

「等適合的時期到來，我會正式上門領取。到時候希望兩位能在申請書上簽名蓋章。」

結婚申請書不只需要填寫結婚的當事人，還要填上兩名證人的簽名才可正式受理，我拜託伯父他們來擔任。

我想以可見的形式得到他們承認我與夜華的婚姻，而非只是口頭約定。

「你真是個堅定的男人。」

「多虧與岳父的談話，我受到了訓練。」

「還細心地把你們自己的部分全部填寫好。明明會變成白寫的。」

「爸爸！」

面對臉上浮現乾笑的父親，夜華以為又要被應付過去，慌張地喊。

相對的，我沒有動搖。

別擔心。我們的認真確實傳達給他了。

「——反正等到他開始獨自生活，你們肯定會馬上展開半同居。地址明明也會更換，這是浪費紙啊。」

「咦？」

只有夜華露出驚訝的表情。

一理解那句話的意思，她臉頰一下子泛紅，雙手亂揮。

伯父細心地把結婚申請書放回信封，收進夾克懷中。

「希墨。我女兒還不成熟悉，不過夜華就拜託你了。」

伯母給予祝福。

「等你成長到至少能陪我喝一杯，再來拿回結婚申請書吧。在你長到可以喝酒的年紀前，我會先保管著。」

伯父最後笑著宣言。

於是，夜華的雙親啟程前往美國。
我們來到觀景台上，目送飛向遠方天空的飛機。
晴空萬里無雲，春天的陽光很耀眼。
「他們走了呢。」
「把結婚申請書交給爸爸和媽媽，實在做得太過火了嗎？」
「在我提議時，妳明明興致勃勃。」
「因、因為，下一步就是提交申請了吧。填寫那種文件，讓我突然開始對結婚產生真實感。」
「還需要幾年的時間，妳放心吧。而且對我來說，接下來才要辛苦呢。」
「為什麼？」
「我大言不慚地說到那個份上，把門檻拉得很高。我必須好好地說到做到才行。」
從今以後我必須達成的事情有很多。首先是大學考試。
「什麼可以做到。」
「我會努力不讓妳厭倦我。」
「你明明知道我少了你會活不下去。」
夜華高興地摟著我的手臂。
「好了，接下來要做什麼呢？要直接去約會嗎？」

「……我累了，想找個地方休息。」

「那我們在機場裡喝杯茶吧。」

機場裡人潮頗多，如果能幸運地在有空位時進店就好了。

「我知道更好的地方喔。」

「哪裡？如果妳有推薦的地點，就去那邊吧。」

夜華使勁抿起薄唇，手指悄悄地交纏上來。

「要不要來我家？今晚只有我們在。」

「咦，妳是說……」

當然，我立刻理解這邀約是那一夜的後續。

「付出努力的人，應該要得到獎勵吧。」

「可以、嗎？」

「——等了很久。」

我們沒辦法好好去看彼此的臉龐。

「大、大白天談這種事，我心跳得好快。」

我心中的紳士與野獸正在大打出手。

你們乾脆合體，成功突破這個困難局面吧。

「你不喜歡嗎？」

「妳說這段對話嗎？」

現在正值中午，周遭有家庭與情侶，但飛機起降的轟鳴聲蓋過我們的對話。

「不是的，是接下來可能——會做的事情。」

夜華又深入了一步。

我們避開直接的表達，同時又有種慢慢接近核心的預感。

「我想不需要加上『可能』……吧。」

「我想也不需要加上疑問語氣喔。」

焦急、甜蜜又痛苦。

連結婚申請書都寫好了，卻對發生男女關係猶豫不決。

是太早了？還是太晚了？連我們自己都不明白了。

這讓我明白，比如說在晚上、附近沒有人蹤之類的情境與氣氛超級重要。

現在太陽太過耀眼，不適合沉溺在男歡女愛的會話中。

我非常在意周遭的氣息。

我偷看夜華的模樣，她整張臉連脖子都紅透了。

她明明都這麼鼓起勇氣，我怎麼能害怕呢。

「我和夜華在想的應該是同一件事對吧。」

「我想大概是一樣的。」

我們的肩膀突然碰在一起，夜華的背驚跳了一下。
她意識過度了。她明顯非常緊張。
可惡，真可愛！
我也身體發熱，因緊張而僵硬起來。明明是春天，感覺卻像在盛夏。
無可救藥地快要破裂了。
「……成為情人後，我們經歷了各種經驗，但還有沒做過的事。」
為了跨越最後一道界線，我邁步向前。
「比如說呢？」
「比接吻更進一步。」
「是什麼樣的事呢？」
「一切都比現在更深深地愛著彼此。」
「……我什麼也不懂喔。」
「一起學習就可以了。」
「我有點、害怕。」
「我會溫柔的。」
「我可以相信你嗎？」
「因為喜歡夜華，我想知道妳的一切。」

「嗯。告訴我希墨的一切吧。」

我牢牢地握住夜華的手。彼此的手都比平常出了更多汗。明明握手過很多次，在接下來要做的事情前，感覺卻很特別。

「兩個一起成為大人吧。」

「嗯。」

我們兩情相悅。

在交往中漸漸累積的愛意表現，今天學到了新的東西。

那是用言語之外的溝通來連結彼此之愛的方法。

我們害羞又滿心憐愛，激烈又平靜地更深入聯繫在一起。

在又向成人接近了一步的同時，我重新確認。

我無法想像與妳共度以外的人生。

我們永遠兩情相悅。

尾聲

「自從我畢業後已經過了六年嗎？真懷念。」

映：希墨，今年文化祭一定要來玩！一定要喔！

以收到那則帶著強烈壓力的訊息為契機，我決定去參觀永聖高中的文化祭。

我妹妹瀨名映正如她讀小學時的宣言般，正式成為我母校的學妹，而且還從一年級就開始擔任學生會長。

難得有機會，我也約了瀨名會的大家。如今出社會後，很難所有人都到齊，不過今天放假的幾名成員決定集合。

上次造訪永聖高中是什麼時候的事呢？

熟悉的校舍，感覺也比我讀書時來得小。

儘管如此，文化祭的熱鬧氣氛並未改變。

在讀高中時，我擔任文化祭執行委員會忙著做幕後工作，沒有多少純粹當遊客享受樂趣的記憶。特別是高二時，我還累得昏倒，更會這麼覺得。

而我也二十四歲了。

現在我已就業，在某家企業的企畫辦公室工作。

工作內容簡單來說是公司內的雜工兼協調人。業務範圍很廣，不過主要是與各部門的人員及經營團隊互動，支援公司整體的發展方向。

我先以可培養轉職能力的業務工作為志願接受面試，在最終的高階主管面試上被現在的上司看中，被招募到現在的部門。

『像你這種類型適合當居中調停者，早點讓公司裡的人認識你，促進公司組織活性化吧。』

總之，我在出社會後依然是擔任橋梁角色。

我的工作受各方面許多人感謝，儘管每天很忙碌，我覺得很有成就感。

在前往集合地點校舍入口前，我獨自前往校舍後方。

唯獨這裡，如時間停止般和當時一樣。

我向有坂夜華告白的櫻花樹還在。

現在是秋天，樹上沒有綻放美麗的櫻花。

由於春天櫻花盛開的印象太過鮮明，在其他季節幾乎會誤以為那是枯樹。

話雖如此，如果一整年都櫻花盛開，就會失去可貴感。

正因為在漫長的一年中只有短暫的片刻綻放，才會覺得特別。

閉上眼睛，我總是能回想起盛開的櫻花。

最後一次在這裡看櫻花，是在畢業典禮當天。

典禮結束後，我和夜華兩人肩並肩地仰望櫻花，回顧高中時代，討論未來。

就算我試圖遺忘，也不可能忘得了。

一切都是在這棵櫻花樹下開始的。

如果我沒有在這個地方告白，我想我會走上不同的人生。

當我沉浸在感傷中半晌，背後突然傳來呼喚聲。

我回頭一看，那裡有一張熟面孔。

「朝姫同學。」

支倉朝姫站在那裡。

「看你的背影很寂寞，需要我安慰你嗎？」

「這是指醫生的治療嗎？」

「如果你想要，隨你選擇。」

「要真正的醫生以友情價提供服務實在過意不去，還是不用了。」

「哎呀，真可惜。」

實現心願當上醫生的朝姫同學過著忙碌的生活。她在理想與現實之間磨練自己的技術與經驗，同時面對生命。

她的頭髮比學生時代留得還長，外表變得更具知性。

「朝姬同學，妳是不是瘦了一點？妳有好好吃飯嗎？」

「謝謝你的關心。我今天剛值完班，有先睡一會兒才過來，比平常精神更好喔。」

她沒有逞強，自然地這麼說，臉上滿是充實感。

當我和朝姬同學一起前往集合地點校舍入口時，熟面孔已經聚在那裡。

「希學長還有，咦，朝學姊？」

第一個向我們開口的紗夕特別驚訝地喊道。

「什麼啊，我們在一塊兒有那麼奇怪嗎？」

紗夕的聲調讓睡眠不足的朝姬同學擺出不高興的表情。

被那股氣勢壓倒，紗夕沒有再多嘴說些什麼。

「紗夕。看妳戴帽子、口罩還配太陽眼鏡，是感冒了嗎？」

幸波紗夕打扮成乍看之下認不出是她的模樣。幾乎接近變裝。

「噗！請別說出我的名字！如果被別人發現，連大家都會被我添麻煩。」

「妳徹底成了名人呢。嗨，事業冠軍。」

幸波紗夕現在是主要電視台的主播，幾乎天天會在電視上看到她。

對於像私下出門的藝人般隱藏身分，她已經做得很熟練了。

「說到受年輕人歡迎，這邊這位平面設計師才更厲害。對吧，日向花學姊。」

小宮留長了那頭代表性的金髮。服裝也品味時尚，符合設計師的風格。

她大學畢業後進入大型設計公司工作，在那裡經手的作品獲得知名廣告獎。

她從學生時代起在社群網站上的個人活動本來就很活躍，擁有大量關注者，如今名副其實勢不可擋地大展身手中。

「我看到小宮設計的海報嘍。」

「墨墨，謝謝你。不過在引人注目的意思上，領先群倫的還是七七不是嗎。」

很可惜，七村龍不在這裡。

他甚至不在日本。

那傢伙如他的宣言般，真的成為了ＮＢＡ選手。

他在高中三年級最後的夏天遺憾地錯過全國大賽，不過在關東大賽的活躍表現吸引了球探的注意，以運動推薦管道升上大學。他在大學遇到優秀的教練，達成飛速成長，前往美國。

憑藉對上外國人也不會被撞開的體格以及對進球的執著，他在球隊漸漸嶄露頭角。而且那傢伙開朗的性格使他受到隊友與當地人喜愛，成為受歡迎人物。

我也經常會看七村球隊的比賽。

「因為是高中的學長學妹，我之前負責採訪七村學長，那個人真的沒變，超難聊的。」

「我有看那個新聞節目喔。紗夕被七村逗弄得很厲害，剪輯得很有趣。」

「這不好笑！我明明難得以知性大姊姊形象出名，最近綜藝節目的工作卻愈來愈多了。」

「這代表妳主持的應答做得很好吧？」

當我安慰發牢騷的紗夕，她一臉頗為受用的樣子。

「未未正在國外錄音，對於不能來很失望喔。」

小宮和叶現在感情也很好。

叶未明是永聖少數沒上大學的學生，畢業後直接正式展開職業音樂家的活動。音樂家叶未明創作了一首又一首暢銷曲，委託她製作音樂的案子從未斷過。

小宮現在為叶的歌曲擔任美術設計。

每當新專輯問世，她都會寄給我，上面一定會寫上一句「R-inks團長贈」。

我們的孽緣至今不變。

「日向花，花菱同學今天有工作？」

朝姫同學故意抿嘴微笑，這麼問小宮。

「……朝姫，為什麼又問我呢～」

家裡經營醫院的花菱也成了醫生。

我原以為他在獲得醫生頭銜後會更加大受女性歡迎，但好像並非如此。

之前他找我商量『小瀨名，我可能真心愛上某個人了』，這次換成我在他背上推了一把，此後他就好像不再隨波逐流地處處花心了。

「不過，妳偶爾會和花菱喝酒吧？」

「那是因為我們都生活不規律，在我偶爾放鬆一下時，時間能夠配合的人只有花菱同學而已！」

我的問題即使讓小宮困擾，拒絕反應也沒有以前來得強烈。

「哎呀，有坂同學還沒到嗎？」

我們的班導師神崎紫鶴老師站在那裡。

在映的安排下，我們在這裡和老師會合，前往體育館。

她環顧我們的臉龐，對於大家依然如故露出滿足的清秀微笑。

「老師。有坂同學是……」

小宮顧及我，不經意地提醒。

「——對呢。只有我還留著過去的習慣，這可不行。」

「老師和以前相比完全沒變，反倒讓我驚訝。」

「瀨名同學，不用說客套話。」

老師一如往常般表情變化不大，以靜靜的態度回應。

「不，這是我非常認真的感想。」

在我讀高中時教導過我的神崎老師，令人驚訝地保持著從前的模樣。在場每個人明明都同樣地年齡增長，她的美貌卻沒有褪色，彷彿只有她的時間停止了一般。隨著我們長大成人，反而格外對神崎老師的不變難掩驚訝。

奇怪，她穿越時空了嗎？

以我的話為導火線，女生們發出驚呼般的感想。

「和記憶中的老師一樣一點也沒變耶。」朝姬同學說。

「老師為什麼沒變老呢？」小宮說。

「老師是用什麼化妝品！請務必告訴我！」紗夕說。

經過女高中生時期，她們也成為職場的成年女性。

對於美容的追求非常熱衷。

「我們先去體育館吧。時間不多，美容話題等晚點再聊。」

不知該如何反應的神崎老師，總之先為我們帶路。

抵達體育館一看，舞台比起我們讀書時有了很大的改變。

「喔，現在的舞台有伸展式舞台嗎？」

「這也是身為學生會長的映同學的成果之一。」

增設的主要舞台從上方望去呈現T字型。中央部分有面向觀眾席延伸的伸展式舞台。
單純地站在伸展式舞台前端就會引人注目，這個設計想必也擴展了各團體的表演範圍。
「真是大張旗鼓啊。」
「戲劇社與輕音樂社，還有偶像研究社成功地活用舞台，讓表演場面很熱烈。」
啊啊，在我幫忙的時候還是偶像同好會，看來已在不知不覺間升格為社團了。
「為什麼映要增建這麼顯眼的地方呢？」
「這是待會兒的驚喜。」
神崎老師也用了意味深長的說法。
不管我怎麼問映，她都說『那是當天的驚喜』，不肯告訴我詳細內容。
奇妙地躁動興奮的會場內幾乎客滿。
由於設置了伸展式舞台，座位數量比起我們那時候減少了。
座位優先提供給外來遊客，學生們幾乎都是站著觀看，但仍然聚集了許多人。
值得慶幸的是，映用學生會長權限事先為我們保留了座位。
而且還正好是我以R-inks樂團身分演奏時，老師、亞里亞小姐與映觀賞舞台的地方。
刻意選在同一個位置，是映令人惱火的照顧嗎？
大家依序就座，最後當我坐下後，只剩一個空位。
空位在面向牆壁的走道側，之後隨時都可以進來。

我轉頭往後看，看著出入口尋找她的身影。

夜華——不在為她準備的座位上。

「你在擔心夜華嗎？」

身旁的朝姬同學像看穿我的想法般低聲說。

「她來晚了，我很擔心。是不是遇到了什麼麻煩呢。」

我試著聯絡她，但她沒有回應。

「都已經是成年人了，不會有事吧。」

「雖然是這樣沒錯，不過照這個擁擠的程度來看，夜華一個人會很辛苦⋯⋯」

「如果和她錯過會更麻煩吧。而且小映今天找你過來，是希望你觀賞啊。」

朝姬同學還是那麼冷靜。

活動的開始時間即將到來，不斷有學生從入口進入體育館。

一旦離開體育館，要回來也得費一番工夫。

「最重要的是，夜華不可能沒看到希墨同學。」

朝姬同學十分了解如今成為好友的夜華。

「不，可是⋯⋯」

儘管如此，我坐立不安。

我擔心的不只是夜華而已。

「——就算放著不管，只要我做出這種舉動。」

朝姬同學突然像要趴在我的膝蓋上一樣，準備往走道方向探出身體。

「咦，朝姬同學？」

她突然靠近，我不禁動搖。

我腦海中閃過非愛情喜劇三原則。

我很久都不用擔心那種事情，完全疏於防備。

如果在這種地方被她看見的話——

「喂，朝姬。不許接近我老公喔。」

當我回過頭，夜華就在那裡。

「我只是看見了妳，想向妳揮手而已。即使有了孩子，妳愛吃醋這一點還是沒變呢。」

「夜夜！」「夜學姊！」

夜華終於出現，小宮和紗夕很高興。

「瀨名同……三個人擠在這個地方不太方便呢。夜華同學，好久不見。美月看起來也很有精神。」

結婚戒指在左手無名指上閃爍，夜華推著嬰兒車來到我身旁。

瀨名夜華。現在是我的妻子。

「神崎老師，久疏問候。美月，這一位是爸爸和媽媽的老師喔。」

夜華從嬰兒車裡抱起寶貝女兒美月。

那副模樣已不是少女，而是獨當一面的母親。

「夜華，妳到哪裡去了？」

「我去女廁幫美月換尿布。後來排隊的人很多，進體育館很花時間。」

原來如此。既然去換尿布，推著嬰兒車沒辦法輕鬆拿起手機，聯絡不上也是當然的。

「比起這個，希墨，你顧一下美月。」

「喔～美月，和媽媽一起逛學校好玩嗎？」

看到我的臉，女兒美月笑了。

沉甸甸的生命重量與溫暖，讓我也自然地露出笑容。

我止不住滿心憐愛。

我原本就覺得小孩子是可愛的存在，但自己的孩子是特別的。

在拚命努力準備考試後，我和夜華考上同一所大學。

在那之後，我與夜華共度快樂的校園生活，在就業的同時開始同居。

我去取回交給有坂家父母保管的結婚申請書，到戶政事務所辦理結婚登記。

我和夜華終於結婚了。

這方面的發展完全如夜華的父親所料，但接下來我們立刻有了美月。

雙方家庭的家人都為第一個孫子高興得落淚，特別是映放聲大哭，令我大吃一驚。

我上次看到妹妹哭成那樣，還是她在小嬰兒的時候。

當預產期快到時，夜華的雙親也緊急從美國趕回來。

讓我體驗到孫子力量的偉大。

我伸出手指，她的小手牢牢的抓著。

「是長得像夜華的小美女呢，眼睛滴溜溜的。」

「我也想快點結婚離職～」

「美月長大了好多呢。」

小宮、紗夕、神崎老師也探出身子看著美月的臉蛋。

「她活力充沛，每天都把我們耍得團團轉。」

我和夜華的女兒名字叫美月（MITSUKI）。

從夜華的名字意象中繼承黑夜，同時也像接龍一樣從「KISUMI」→「MITSUKI」相連起來，和我的名字希墨（KISUMI）連繫在一起。

而且我和夜華第一次交換聯絡方式的當天晚上，我傳了「月色真美」的訊息給她。夜華一直記得這件事。

美月出生的日子，也正好是滿月很美的夜晚。

我們從兩情相悅的情侶成為夫妻，然後又成為父母。

聚光燈打在伸展式舞台上，映出現了。

映瞥了這邊一眼，確認我們到場後，臉上浮現得意的笑容。

映的登場，使客滿的會場響起響亮的歡呼聲。

看來我的妹妹很受歡迎。

「妳看，是映喔。美月也替她加油吧。」

坐在我的膝蓋上，美月一臉不可思議地注視著舞台。

「午安，我是學生會長瀨名映。感謝各位今天到來。永聖高中的文化祭也終於來到最終表演。」

映非常熟練地享受著與觀眾席之間的對話互動。

「小映真了不起。我在高中的時候，如果也那麼會說話就好了。」

夜華在我耳邊悄悄地說。

「這樣的話，就沒有我登場的餘地，也見不到美月了喔？」

「那就麻煩了。我無法想像比現在更幸福的自己。」

在舞台上，映開始說明這次的企畫。

「在永聖高中，從以前起就相傳在文化祭舞台上參展完畢的時機告白，有戀情就會成功的好兆頭。大家都知道對吧？」

我和夜華面面相覷。

喂喂，現在傳成這樣了嗎？

我沒想到我們的行動，會像這樣受到學弟妹們繼承。

「其實這對於文化祭執行委員會來說是滿大的困擾。因為告白占用到休息時間，節目表流程會延誤得愈來愈久。」

聽到她開玩笑似的說法，觀眾席響起笑聲。

「不過，我無法否定這件事。因為無須隱瞞，第一個在舞台上告白的人正是我哥哥！而且正確來說，他不是告白，是求婚！」

當映揭露，會場一片騷然。

只有我對於妹妹終於在別人面前喊我「哥哥」，一個人感到莫名的感動。

「太好了，希墨。」

我的妻子發現了那種祕密的成就感。

「花了好久的時間啊。」

「看到小映學生會長，心情真不可思議。」

「而且還是和女兒一起看著她。」

從前，我和夜華站在舞台上。

現在我們一家三口從觀眾席仰望著舞台。

那個變化讓我難為情又高興，總覺得想笑。

映繼續演講。

「因此，我想特別告訴在場的各位，我哥哥和他的情人後來的發展。」

我想聽～！四處傳來這樣的呼喊。

現場已進入映的表演狀態。她完全掌握了會場。

「我哥哥和他在舞台上求婚的情人結婚了！」

恭喜！當有人興致高昂地大喊，會場直接爆出熱烈的掌聲。

「而且他們還生了孩子！名字叫美月。是我的姪女，非常可愛！我愛妳喔～美月～！」

我妹妹像作示範般，在舞台上突然呼喊愛意。

喂，學生會長。

如搖滾明星般震撼會場的舞台上的告白。

啊啊，原來我的求婚從觀眾席觀看是這種感覺。

我女兒也許聽懂了，高興地咯咯笑。

「嗯，我把想像這樣做各種告白的人聚集起來，將告白本身做成活動，建立了今年的最終表演企畫『在伸展舞台上呼喊愛意』。這樣節目可以按照規劃進行，又很有趣對吧？」

會場氣氛完全活躍起來，就像在鼓勵告白般，情緒高亢得讓人想笑。

若在這種慶典模式，即使告白失敗也能痛快地結束吧。

「雖然至今提過好幾次，為了慎重起見，我來說明注意事項。這是認真的告白。無論在現場或是事後，都絕對禁止周遭的人取笑或戲弄告白者。大家一起支持鼓起勇氣的人吧。然後，答覆者也請誠實地回答。不要察言觀色，坦率表達自己的心情吧。如果告白成功，祝你們幸福。即使失敗，也不互相怨恨。說個明白，痛快地結束文化祭吧。」

這些注意事項應該在事先就廣泛通知過了。

好的～對於映的請求，會場觀眾禮貌地應聲。

有勇氣的挑戰都應該受到讚揚。

任何人都不希望對自己的告白感到後悔。

「為此，要立刻給告白答覆喔。被迫等候的人是非常難熬的。」

映這麼補充，可愛的眨眨眼睛。

「夜華，她在說妳喔。」

「只有一開始而已吧！」

這對我們夫妻來說是好笑的故事，但我等候告白時的樣子，看來給當時是小學生的映留下了特別深的印象。

等待會場安靜下來後，映說出最後一段話。

「這同時也是來自人家重要的師父的口信。如果喜歡，一定要說出來。活動也好、祈願也好，只要有讓你鼓起勇氣的契機，不管是什麼都可以。與其沒說出口而後悔，用全力呼喊愛意吧。說不定會是兩情相悅喔！」

在人生中，有多少珍貴的感情沒說出口就收存起來呢？

我們容易害羞又笨拙。

不擅長坦率面對自己的心情，要將心情化為言語表達出來非常困難。

我們會害怕受傷，提不起勇氣，而擅自放棄。

儘管如此，表達心聲絕非白費力氣。

這能讓自己比昨天更往前邁進一步。

有時透過人與人的聯繫，可以開拓新的未來。

當一個人變成兩個人時，說不定連現實都能超越。

溝通就是第一步。

「看到希墨的行動像這樣延續到未來真感動。」

「嗯。當時我根本想像不到。」

「多虧你呼喊出愛意，我們才得以在一起，這孩子誕生，這次鼓勵了不認識的陌生人。」

我點頭同意夜華。

這是多麼美好啊。

第一名男學生站上伸展式舞台。

那就是從前的我。

我向妳告白，改變了我的人生。

但願他們也會得到幸福的未來。

少年呼喚喜歡的少女的名字，簡單地如此告訴她。

「我喜歡妳。請和我交往。」

愛在循環，於是又一對兩情相悅的情侶誕生了。

《除了我之外，你不准和別人上演愛情喜劇》 完

後記

初次見面，還有好久不見。我是羽場楽人。

感謝各位這次閱讀《除了我之外，你不准和別人上演愛情喜劇》第六集。

故事終於來到完結篇。

經過在文化祭上的公開求婚，希墨與夜華這對情侶過著愉快的生活。

然而，現實考驗兩人的愛。

夜華的雙親提議她搬到美國，最大的危機來臨。希墨與夜華的兩情相悅也賭上了人生，不遜於雙親的愛。

其他人無法取代。兩人成功證明對於彼此來說，對方就是那麼特別的人，長長久久地過著幸福的生活。

完美無缺的好結局。無可挑剔的大團圓。超出期待的結局。

《愛情喜劇》高中生篇，到此暫時落幕。

完全是因為有各位讀者們的支持，我才能把角色們人生中一個段落以滿意的形式送到大家手中。

我由衷向各位致謝。

正因為系列能夠長久延續，使得作品成長，讓遠遠超出作者剛執筆時的預期的內容得以問世。

能夠撰寫在故事中逐漸成長的角色們，對我來說真的是一段愉快的時光。

特別是從第四集以後，與其說是用我自己的腦袋去構思與書寫，更像是把希墨與夜華所說的話寫成原稿的狀態。

他們兩人談著坦誠得出奇的戀愛，以那種青春期特有的耀眼專情對待彼此，令我甚至很感動。

另外，寫到為故事增色的其他女主角們的失戀，也讓我寫得心酸。

以作者的父母心，我想給她們所有人分別準備一個好結局。

如果編輯告訴我可以從現在開始寫，我可以輕鬆為每個人都寫一個。

我對於其他女主角們的感情就是那麼深。

只是，本作是從我想寫一個像夜華這樣的女主角的熱情而展開企畫。

她是充滿男人理想的女主角，但我特別重視的是「在任何時候都絕不會離開的女性」這種作為伴侶的態度。

如同在書中反覆提到的一般，在現實中，與學生時代的情人結為連理非常少見。

絕大多數的戀情，沒多久後都成為了回憶。

在寫作《愛情喜劇》時，我和編輯總是討論如何在創作中克服「現實中會這樣吧」的反駁。

如果我寫出輕易加入方便的突兀橋段或只是純粹跟風的老套情節，這個系列就不會持續這麼久吧。

我個人認為，正因為希墨在第五集達到了作為主角在人性上的成長，才能夠突破第六集中誰都沒有錯的困難狀況。

只有夜華一個人，一定無法說服雙親吧。

正因為有希墨在一起，她才得以反抗現實。

兩人的愛情不會化為學生時代的回憶，以後也會一起生活下去。

本作已成為實現年輕時的純真願望的美麗作品。

真的很高興我寫下了《愛情喜劇》。

如果本作能成為讓你難忘的故事，那是我身為作家最高的幸福。

接下來是謝詞及通知。

責任編輯阿南先生。首先，能順利地把系列寫到最後，讓我鬆了口氣。以後也繼續請您多多關照。

插畫イコモチ老師。每當收到新插畫，我總是感受到一股感動般的喜悅，是最美好的愉快時光。真的很感謝您繪製的許多精彩插畫。

為本書出版給予助力的相關人士，我的家人、朋友與熟人，總是很感謝大家。

在最後，通知共有兩點。

①本書預定以電子書發行短篇集。

雖然完結了，其實還沒完結喔。短篇集預定收錄在電擊輕小漫畫網站（電擊ノベコミ）上連載的一年級篇，刊載於《角川輕小說EXPO》官方紀念書中的短篇以及未公開新稿。多個補充本篇的內容，讓人更深入享受故事的精選短篇是《愛情喜劇》讀者必看的一本書，敬請期待。

②我正在準備於電擊文庫出版的新系列。

下一個作品是由班導師與學生譜成的校園青春故事！我想可以在二〇二三年送上這個關係性獨特的妙不可言故事。還請務必像支持《愛情喜劇》一樣支持新系列。

新情報會在羽場的 Twitter（@ habarakuto）上逐一公布，希望可以關注我的帳號。

以上，是羽場楽人的後記。下次在新作再會吧。

BGM：宇多田光《あなた》

（註：以上為日本方面的情況。）

不起眼的我在妳房間做的事班上無人知曉 1～2 待續

Kadokawa Fantastic Novels

作者：ヤマモトタケシ　插畫：アサヒナヒカゲ

**開始注意你之後，無論何時你都在我心裡⋯
開朗美少女向不起眼的他發動猛攻！**

遠山佑希獲得班上的風雲人物麻里花的青睞，她不但和佑希一起上下學，佑希還收到親手做的便當，她熱烈地吸引佑希的注意！另一方面，柚實執著於與佑希的身體關係，煞車卻漸漸失靈？此時柚實的姊姊伶奈開始出手干涉錯縱複雜的他們三人……

各 **NT$220~250/HK$73~83**

國家圖書館出版品預行編目資料

除了我之外，你不准和別人上演愛情喜劇 / 羽場楽人作；K.K. 譯. -- 初版. -- 臺北市：臺灣角川股份有限公司, 2023.05-
冊； 公分. -- (Kadokawa fantastic novels)
譯自：わたし以外とのラブコメは許さないんだからね
ISBN 978-626-352-531-3(第6冊：平裝)

861.57 112003769

Kadokawa
Fantastic
Novels

除了我之外，你不准和別人上演愛情喜劇 6（完）

（原著名：わたし以外とのラブコメは許さないんだからね 6）

2023年5月4日　初版第1刷發行

作　者：羽場楽人
插　畫：イコモチ
譯　者：K.K.

發行人：岩崎剛人
總編輯：蔡佩芬
編　輯：黎夢萍
美術設計：李思穎
印　務：李明修（主任）、張加恩（主任）、張凱棋

發行所：台灣角川股份有限公司
地　址：104台北市中山區松江路223號3樓
電　話：（02）2515-3000
傳　真：（02）2515-0033
網　址：www.kadokawa.com.tw
劃撥帳戶：台灣角川股份有限公司
劃撥帳號：19487412
法律顧問：有澤法律事務所
製　版：尚騰印刷事業有限公司
ISBN：978-626-352-531-3